口中医桂助事件帖

菜の花しぐれ

和田はつ子

小学館文庫

目次

主な登場人物

藤屋桂助……〈いしゃ・は・くち〉を開業している口中医。先の将軍の御落胤。
鋼次……〈いしゃ・は・くち〉に房楊枝を納めている職人。桂助の友人。
志保……医師道順の娘。桂助の幼なじみで〈いしゃ・は・くち〉を手伝っている。
藤屋長右衛門……桂助の養父。呉服問屋藤屋の主人。
お絹……桂助の養母。長右衛門の妻。
お房……長右衛門と絹の娘。桂助の妹。
佐竹道順……元武士の内科医。志保の父。
岸田正二郎……側用人。桂助の出生の証を握っている。
本橋十吾……入れ歯師。元紀州藩の武士。
岩田屋勘助……両替商岩田屋の主人。
友田達之助……南町奉行所同心。
金五……鋼次の幼友達。友田達之助の下っ引き。
橋川慶次郎……自称〝旗本の次男坊〟。部屋住み。

第一話　椿禍《つばきわざわい》

一

江戸の師走《しわす》は雪がつきものである。早朝、寒いと感じて目を覚ました桂助《けいすけ》は板戸を開けた。外はいちめんの銀世界であった。まだ、一番鶏は鳴いていない。あたりはうっすらと暗いはずなのだが、雪の白さでもう、充分明るかった。

――美しい――

藤屋《ふじや》桂助はしばし見惚《みと》れた。

さくら坂に〈いしゃ・は・くち〉の看板を掲げている桂助は口中医である。歯茎に塗布《とふ》麻酔して行う〝痛くない歯抜き〟が評判を呼んでいた。

――何とも清らかだ――

桂助はまだ外を見ていた。

――この世がこうして白一色に汚れなくあってほしい――

そう願う桂助は、この世には太刀《たち》打ちできない、巨悪があることを身をもって知っていた。

――己《おのれ》の出生が呪わしい――

　桂助は日本橋の大店《おおだな》の呉服問屋藤屋の跡取りではあるが、藤屋の主《あるじ》夫婦長右衛門《ちょうえもん》と絹《きぬ》は実の親ではなかった。生まれてすぐ、側用人岸田《そばようにんきしだ》正二郎《しょうじろう》を通じて藤屋に貰《もら》われたのである。

　両替屋の岩田屋《いわたや》勘助《かんすけ》の野望は、前将軍のご落胤《らくいん》である桂助に名乗りを上げさせ、次期将軍の座に据えて、傀儡《かいらい》のように自在に操ることであった。

　証《あかし》の〝鬼っ子歯〟は生まれ落ちた桂助と共に藤屋夫婦の預かるところであったが、今は岸田の手元にある。

　〝鬼っ子歯〟とは、生まれながらに生えている歯のことを言う。このような歯を持つ子どもは〝鬼っ子〟と言われて、親をも食い殺すほどの疫病神《やくびょうがみ》と見なされていた。

　――まさにその通りではないか――

　岩田屋は桂助に名乗りを上げさせるために手段を選ばなかった。岩田屋の魔手は〈いしゃ・は・くち〉の周辺、いずれも桂助にとって、無二の存在である、房楊枝《ふさようじ》職人の鋼次《こうじ》や薬草園の世話を引き受けてくれている志保《しほ》、そして、入れ歯師として腕をふるう本橋十吾《もとはしじゅうご》にまで及んでいた。鋼次や志保は岩田屋が操る盗賊の残党と関わって罠《わな》に嵌《はま》ったばかりではなく、命を落としかけ、本橋は作った入れ歯に毒を塗って、客を殺した罪を着せられそうになったのである。

――今度はどんな手を使ってくるのか――

常に桂助は身構える気持ちでいる。

――いずれは実家《さと》の藤屋にも――

鋼次たち仕事仲間や実家のことを案じ始めるときりがなく、夜、よく眠れない日々が続いた。

明け六ツ（午前六時頃）の鐘が鳴った。桂助は薬処《どころ》へ急ぎ、黄連《おうれん》や黄柏《おうばく》、黄芩《おうごん》、山梔子《くちなし》などで清熱解毒《せいねつげどく》の薬を煎《せん》じた。

――ありがたい――

薬を処方したり、口中の治療をしている間に限って、桂助は無垢《むく》な雪景色さえ暗雲で覆い尽くしかねない、岩田屋の邪《よこしま》な横暴を忘れることができた。

治療処では預かった病人が枕屏風《まくらびょうぶ》の向こうに臥《ふ》せっている。病人は鋼次の弟分の金五《きんご》であった。金五は目を覚ましている様子で、夜着からはみ出ている長い手足をもぞもぞと動かしている。

「だいぶ楽になったよ」

金五は頭を下げて礼を言う代わりに、これまた長い睫毛《まつげ》を二度ばかりぱちぱちさせた。

金五の額に手を当てて、熱の引いたことを確かめ、桂助は、

「まだまだ油断はできませんよ」

手にしていた薬湯《やくとう》を勧めた。

薬湯を飲むために起き上がった金五は、

「その薬は効くけど、不味《まず》いなあ」

渋い顔で嫌々薬椀に口を付けた。

「今度はちゃんと治療してくださいよ」

桂助は苦笑した。


桂助が金五を診《み》たのは、これがはじめてではなかった。つい十日ほど前、金五は頰《ほお》の内側が痛いと言って、〈いしゃ・は・くち〉を訪れた。この時、桂助は、前から頭の重いことがよくあり、鼻から膿《うみ》や鼻汁が出ているという金五の話を聞いて、

「上の奥歯が二本、ひどいむしばです。頰の内側が痛いのは、むしばが鼻に悪さをしているせいですね」

と診たて、解毒と鎮痛の効き目がある升麻《しょうま》と竜胆《りゅうたん》の煎じ薬を飲ませて、

「痛みが治まったら、むしばを抜きに来てください。そのまま放っておくと、ひどい

ことになりますから」

念を押したのだったが、しばらく金五は姿を見せなかった。

普段は子ども相手の飴《あめ》売りをしている金五は、下っ引きの仕事もこなしている。昨夜、悪寒《おかん》を訴え、高い熱を出している金五を、担ぐようにしてここまで連れてきたのは、同心の友田達之助《ともだたつのすけ》であった。同心のお手先は岡っ引きと決まっていたが、以前、友田が手札《てふだ》を渡していた岡っ引きは、老齢の上病気療養中のため、下っ引きの金五が代わって友田に仕えているのだった。

「風邪ですね」

金五はごほごほと咳《せき》をしていた。

「歯の根も膿《う》んでいますね」

桂助はすぐに金五の口の中を診た。友田はへえという顔で、

「こいつがここへ行きたいと言うから連れてきたんだが、やっぱり、歯だったのか」

と言い、

「だが、歯が悪くて風邪を引くのかい？」

首をかしげた。

桂助はうなずいて、

「胸に来る風邪なら、歯の根の膿が元で起きることがあるんです。悪くすると熱が引かず、心の臓が弱って命を落とすことだってあります」

と言った。

「ほ、ほんとうか」

友田は青ざめて、

「わしは大丈夫だろうか」

促しもしないのに桂助の前で大口を開いた。中を覗《のぞ》いて桂助は、

「今のところはね。でも、油断は禁物です。ちゃんと毎日、朝夕、房楊枝を使ってください。それからお酒はほどほどにすること。お酒が過ぎるとたいていの人は、房楊枝を使うどころか、口も濯《すす》がずに寝てしまいますから」

釘を刺した。三十路《みそじ》も半ばを過ぎて独り者の友田は、生まれついての不精者の上、人生唯一の友は酒という手合いであった。虫歯こそ痛み出すと、〝お上の見廻り〟と称してやってきて、桂助に只《ただ》で歯抜きをさせるのだったが、歯茎《はぐき》が腫れる歯草《はくさ》の方は相当悪化するまで痛まないので、それほど、気にかけていない様子であった。

「何だか、わしまでぞくぞくしてきた」

友田は顔をしかめ、治療処の隅の盆に重ねてあった房楊枝を手にすると、

った。


「後は頼んだぞ」

そそくさと帰って行った。

その後、桂助は金五の膿んでいる歯の歯茎に烏頭《うず》と細辛《さいしん》を塗って痺《しび》れさせる塗布麻酔を施すと、歯茎を切開して膿を出し、清熱解毒の煎じ薬を飲ませて寝かせたのであった。


「ちゃんと治療するって、歯抜きなんだろう?」

一時《いっとき》、笑みが浮かんだ金五の顔が青ざめた。

「ええ」

桂助はうなずいた。

「歯抜きは怖いですか?」

「うん。歯抜きがへいちゃらな友田の旦那はおいらに、〝そんな大きな図体《ずうたい》こいて、歯抜きが怖いなんて抜かすな〟って怒鳴るけど、怖くてなんねえよ」

金五の肩が震えた。

「それで、鼻やほっぺたのあたりが治ると、どうにも、ここへは足が向かなかったんだ」

「昨日、歯茎が痺れたのを覚えていますか？」

「何となく――」

「痺れる薬を塗ったんです。歯抜きをする時は、あれをもう少し強く塗りますから、痛みは少ないですよ」

金五の肩はまだ震えている。

どう説得したものかと、桂助が思い迷っていると、

「桂さん、いるかい」

戸口で鋼次の声がして、

「鋼さんですね、ここに居ます」

桂助が応《こた》えると足音が続いた。

桂助のところでは鋼次の作る房楊枝が売られている。その房楊枝の束を手にして、鋼次は治療処に入ってきて、

「桂さん、あれっ――」

夜具にくるまっている金五を見て目を丸くした。桂助がいきさつを話すと、

「早く元気になれ。今度こそ、しっかり歯抜きするんだぞ」

鋼次は金五を叱《しか》りつけるように励ました。

けれども、金五は相変わらず、答えもうなずきもしない。

「おい、何とか言え、べらぼうめ、胸の風邪は質《たち》が悪い、今度は桂さんに助けてもらえたが、また胸に風邪が入《へえ》ったら、次は命がねえかもしんねえんだぞ。だいたい歯抜きなんぞ、男の怖がるもんじゃねえぞ。あの友田の旦那だって、うんともすんとも言わねえで抜いてる。それも大道でやってもらうんじゃねえ、江戸一の歯抜きの名人、藤屋桂助にかかってるってえのに、怖いなんてぬかすのは許せねえ」

二

大道でやってもらうというのは、居合い抜きの香具師《やし》の歯抜き芸のことであった。

「がきの頃、口から血がだらだら流れ出るのを見てて、怖くて怖くて。きっと、抜かれた人は死んじまったにちげえねえ」

金五は悲鳴のような声を出した。

「それからこっち、歯抜きを見ている人だかりには近づかねえようにしてる」

「馬鹿だな、おめえ」

鋼次は呆《あき》れた。

「本気でそう思ってたのか」

金五は黙ってうなずいた。

「歯抜きに血はつきもんなんだよ」

「多少は仕方ありませんが、死ぬほど出血することはありません」

桂助の言葉に、

「ほんとうかい？」

金五の顔はまだ怪しんでいる。

「本当です」

桂助はきっぱりと言い切った。

「少なくともわたしの歯抜きではそれほど血を流させませんから、安心してください」

「今の聞いただろ」

鋼次は睨《にら》むように金五を見つめて、

「でなきゃ、図々しいばかりの、ちょいとしもやけが出来ても痒《かゆ》いの痛いのと大騒ぎする、あの友田の旦那がここへ来て桂さんに歯抜きをさせるわけねえだろ」

と言った。

「ですから、この後も治療を続けてくださいね」

桂助が念を押して、金五がこくりとうなずいたところで、

「あら」

ひょいと顔を出したのは志保だった。

「おや――」

鋼次が頓狂《とんきょう》な声をあげたのは、今日は志保が訪れる日ではなかったからであった。

岩田屋が雇った盗賊の片割れの罠に落ちて、最もひどい思いをしたのがこの志保だった。隠れ家に監禁されていた志保は、見つけるのが遅ければ殺されていたかもしれなかったのだ。

それまで志保は毎日、朝早くから夕暮れ時まで、桂助の家と地続きの薬草園へ通ってきていた。けれども、このことがあってすぐ、桂助は、

「薬草の世話は一日置きで結構です。それから、また、危ない日に遭っては大変ですから、昼八ツ（午後二時頃）には引き上げてください」

と言った。

しかし、志保は、

「それでは桂助さんの仕事に障《さわ》りが出ます」

断固譲らなかった。志保は町医者佐竹道順《さたけどうじゅん》の娘である。医薬の知識が豊富で、いつも薬草園の世話を早々に終わらせると、患者の応対や薬の処方に勤《いそ》しんでいた。

「大丈夫ですよ、患者さんに待ってもらいますから」

「患者さんは歯が痛くてたまらなくておいでになるんです。待たされるのはお気の毒です。患者さんを辛《つら》い目に遭わせるのは、桂助さんの本意ではないでしょう」

なおも退かない志保に対して、

「もう、決めたことですから」

桂助は言い切った。頑固な二人の間に入って、途方に暮れた鋼次は、

「それじゃ、こうしたらどうだい。志保さんが来るのは一日置きにして、来た日には俺《おれ》も七ツ（午後四時頃）にはここへ寄って、志保さんを家まで送っていくというのは？」

妥協案を出した。

「それでは鋼さんに迷惑がかかります」

桂助は腑《ふ》に落ちない顔をしたが、

「その心配はいらねえよ。うちからここや志保さんの家はそうは遠くねえ。まかしといてくれ」

鋼次はどんと胸を叩いた。

桂助は気がついていないが、鋼次は志保に想いを寄せていた。清らかな美貌の志保を、いつも心の中で〝観音菩薩《かんのんぼさつ》様〟と呼んでいるのであった。

——ありがとう、助かったわ——

鋼次の申し出に、志保は感謝の目で鋼次を見た。

これも桂助は気がついていないが、志保は桂助を想わずにはいられないのであった。志保が〈いしゃ・は・くち〉を手伝うのは患者のためだけではない、桂助のためである。

「師走に入ってこんな大雪、はじめてでしょう？　だから、気になって来てみたのよ、薬草園が。藁《わら》を被《かぶ》せ忘れた草木があったんじゃないかって——。風には強くても、雪には弱いものがあるし——」

志保は必死で長々と言い訳をした。うっすらと頰が赤らんでいる。

——言わずと知れたことだけどなあ——

そんな志保の様子も愛《いと》しいと感じつつ、

「ああ、腹が空《す》いた」

鋼次は腹の前で手を組んだ。いつものことだが、何だか急に、自分の想いが虚《むな》しくなってきたのである。そしてこんな時にも、腹が減るのが鋼次の習性であった。

「そうそう」

志保は手に抱えている風呂敷包みを解いた。

「雪のせいで朝早く目が覚めたので、酒まんじゅうを作ってみたの」

重箱の中は真っ白な酒まんじゅうで埋まっている。

――これも桂さんに食べさせたかったんだろうな――

ため息が出かけたが、同時に手も出ていて、鋼次はむしゃむしゃと酒まんじゅうをほおばり始めた。

「おまえも食いてえか」

金五が羨《うらや》ましそうにじっと見ている。

「金五さんにはまだ無理です。悪いが、鋼さん、あっちで食べてください」

とうとう鋼次は桂助に追い出されてしまった。

この日は雪で足許が悪いためか、患者の数はいつもほどではなく、昼を少し回ったところで、三人は膳を囲むことになった。三人の昼餉《ひるげ》は炊きたての飯と焼いた鰯《いわし》、葱《ねぎ》の味噌汁である。

金五には桂助がとっておきの白牛酪《はくぎゅうらく》を湯呑《ゆの》みに注いで勧めた。白牛酪とは牛の乳である。将軍家しか口にすることができなかった時代もあり、たいそう高価で、貴重な代物であった。身体《からだ》の弱かった桂助を案じて側用人の岸田が都合してくれて、今も続いている。もっとも桂助が好物と称して、届けさせている理由は、白牛酪は滋養があって、病いの人たちの力になるからであった。

「これを?」

金五は湯呑みに鼻を近づけて顔をしかめた。

ただし、この白牛酪、飲むようにと患者に勧めても、喜んでもらったことはまだなかった。

「元気の素《もと》ですよ」

桂助がごり押しすると、覚悟を決めた金五はぐいと一気に飲み干し、

「けものくさい」

と呟《つぶや》いた。

志保が焼きたての鰯を運んできた。

「鰯は途中、子どもの棒手振《ぼてふ》りから買ったのよ。こんな天気で売れそうにないから、どうしてもって――。子どもに泣きつかれたというのもあったけど、今年はこの師走に節分があるでしょ。節分には柊《ひいらぎ》の葉に鰯の頭を添えて戸口に挿《さ》す習わしになってる

し、何だか縁起がいい気がして――」

鰯はよく脂《あぶら》が乗っていて、志保が振った塩の加減も程よかった。

「そうかもしれませんね」

桂助が相づちを打った。

「柊に鰯の頭に〝鬼は外福は内〟、いい縁起担ぎですよ」

そう続けた桂助は、

――節分の鬼のように岩田屋を退治できたらどんなにいいことか――

と願わずにはいられなかった。

片や鋼次は飯を盛りつけるなど、甲斐甲斐しく給仕をしている志保を横目で見ていた。

――そういや、志保さん、今まで毎日、こうして桂さんの昼餉作ってたんだよな。相伴《しょうばん》させてもらったそば飯、鏡開きの汁粉《しるこ》、みんな美味《うま》かった――

〈いしゃ・は・くち〉で志保が引き受けていたのは、医薬に関わることだけではなかったのである。

――白牛酪は牛の乳だが、牛酪はそいつの固まったもんで、バターとかいったな。志保さんとバターで、クウクやタルタも作ったな――

クウクはクッキーでタルタはタルトである。

気がついてみると、桂助の目は金五が飲み干した、白牛酪の湯呑みに注がれている。

――桂さんも思い出してるのかもしれねえな、タルタを作ってた時のこと。一番はじめは桂さんが、長崎仕込みだとか言って、一人でやって見せてくれて、そいつがびっくりするほど美味かったんで、志保さんも俺も夢中で作り方を覚えようとした。あん時は楽しかったな、今が楽しくねえっていうんじゃねえが、今とはどこかが違う。あの頃、志保さんは毎日ここへ来てて、朝から夕方まで手伝ってた。そうしなくなったのは、桂さんが言いだしたことだけど、でも――

そこでふと、鋼次は桂助と目が合った。鋼次が見た桂助のその目は、今まで見たこともないような暗い目だった。

三

――桂さんが志保さんのことを案じて、あんなに頑固だったたのは、また、岩田屋が何か仕掛けてくると確信しているからだ。桂さんはきっと、俺たちの見ていねえところでは、いつもあんな目をしているに違《ちげ》えねえ――

鋼次は、常に岩田屋が桂助の心を翳《かげ》らせているのだと確信した。

「鋼さん」

昼餉を食べ終わって、まだ、そうは時が経《た》っていなかった。

「そろそろ志保さんを送って行ってくれませんか」

桂助にそう頼まれて鋼次が志保の方を窺うと、志保の顔からは笑みが消えている。悲しそうに見えた。

「まだ、昼が過ぎたばかりじゃないか」

鋼次は志保の気持ちに添いたくなった。

「今日はこんな天気だから、これからも患者さんは少ないはずです。雪道は歩きづらいし、何かあってはいけません。早く家に戻る方がいいですよ」

桂助が説き伏せようとすると、志保はうつむいたまま、

「ではそうします」

小声で応じた。志保の端整《たんせい》な横顔も暗い。

――タルタを作っていた頃と違うってえのは、こういうことなんだな――

鋼次は納得した。

――岩田屋のせいで、いろんなことがぎくしゃくしてきちまってる――

改めて鋼次は岩田屋を憎んでも憎みきれねえと思った。

――志保さんを送って行くのはうれしかねえこともねえが、桂さんと三人、〈いしゃ・は・くち〉でわいわいやってるのはもっと楽しい――

鋼次が志保を送って〈いしゃ・は・くち〉を出たのは昼八ツ前であった。

最後の患者が帰って、治療を終えたのが暮れ七ツ半（午後五時頃）。雪の白さが夕闇に馴染《なじ》みかけてきた頃であった。桂助は病臥《びょうが》している金五のために、白牛酪のそば雑炊《ぞうすい》を作った。

「また、これ？」

またしても金五は眉《まゆ》をしかめたが、

「まあ、食べてごらんなさい」

桂助に勧められて一口食べると、

「けもの臭くねえ」

口元がほころんだ。

「そばの実がいい風味を出すんです」

ぺろりと飯茶碗一杯を平らげた金五に、

「お代わりもありますよ」

鍋から残りを注ぎたしながら、

——これを考えて作ってくれたのは志保さんだったな——

桂助は思い出し、

——今の金五さんのように、熱の高い重病の患者さんを預かると、志保さん、散蓮《ちりれん》華《げ》を握って、手づから食べさせてあげていた——

たまらなくなつかしかった。志保が微笑《ほほえ》みながら散蓮華で白牛酪のそば雑炊をすくい、患者の口元へ運んでやっている光景が目に浮かび、その場面にぱーっと明るい光が射している。

金五は、

「これだけ食えるんだ、だから、もう、おいらは元気だよ。なのに、今日もおいらはここに居なきゃいけねえのかい」

家に帰りたい様子であった。

「熱はもうねえように思うんだが」

金五の額に手を当てた桂助は、

「だいぶよくなりましたが、まだ、完全とは言えません。熱もあります。昨日ほどでないだけで——」

「家《うち》じゃ、きっと祖母《ばあ》ちゃんがやきもきしてる。おいらんとこは、おっとうもおっかあも早くに死んじまったから、祖母ちゃんが髪結いして廻って、おいらを育ててくれたんだ。今はおいらが祖母ちゃんのめんどうを見てる。祖母ちゃんは年寄りだから、お上の御用の下っ引きをしてるおいらのことを、いつも死ぬほど心配してるんだ。二日も帰《けえ》らねえと、心配が過ぎて、祖母ちゃんの方が死んじまうかも――」

「そうは言っても――」

〈いしゃ・は・くち〉と金五の住むけむし長屋はそう遠く離れてはいない。だが、桂助はまだ、金五がけむし長屋まで歩いて行けるとは思えなかった。

「大丈夫だよ」

金五は夜着をはねのけると布団《ふとん》の上に立ち上がった。

だが、

「こんなことって――」

金五は布団から板敷きに歩みだそうとして、ふらりと倒れかけた。

「危ない」

桂助は金五を支えて、布団の上に寝かせた。

「くらくらする」

金五は泣きそうな声で呟いた。

「命に関わる高い熱が続いた後ですから、すぐにいつも通りにするのは無理なのです。一晩、ゆっくり休めば、明日には何とか眩暈《めまい》もおさまることでしょう」

桂助は慰めたが、気落ちした金五は夜着で顔を隠してしまった。

その時、戸口から大声が響いた。

「わしだ、友田達之助だ、入るぞ」

友田は寝ている金五のそばにやってくると、夜着を被って細くて長い手足を出している金五に、

「おい、少しはよくなったか？　相変わらず、丈ばかり大きい蚊《か》とんぼ。同じ蚊とんぼなら、こんなところで油を売っていないで、少しはお上のお役に立ってもらいたいものだぞ」

ずけずけとした物言いをした。

桂助が金五の状態を話すと、

「こいつはいつもたいして役に立たないだけじゃない、うんざりするほどうるさい年寄りまでいる。金五の祖母さんに、わしは今朝から追い回されている。〝孫はどうした、どこへ連れて行った〟と、いくら、わしが名医といわれる、医者のところに世話

になっていると言っても聞き入れない。〝ならば会わせてくれ、迎えに行きたいから連れて行ってくれ〟の一点張りだ。ようやっと、こちらのお役目が終わって、仕方ない、連れて行ってやろうと長屋に寄ったところ、足が立たないという」

友田がその先を続けようとすると、

「祖母ちゃんに雪は鬼門なんだ。寒さで足が痛むんだよ」

夜着から金五が顔を出した。

「案外、元気そうじゃないか」

友田はじろりと金五を見据えた。

「旦那、大丈夫ですよ」

金五は立ちあがりかけたものの、

「駄目だ、天井が回る」

すぐに布団の上に倒れ込んだ。

「気を張っているだけで、まだ熱があります」

桂助は病状を説明した。

「けど、足が痛くなった祖母ちゃんを一人にはできねえ」

なおも、金五は起き上がろうとしたが、やはりまた、ふらついて布団の上に崩れ落ちた。

「ところで、こいつはここで寝ているだけだろう？」

「安静にしていて、よく眠るのが何よりです」

「ということは、寝てさえいればここでなくともいいわけだな」

「ええ、後、熱を下げる煎じ薬さえ、きちんと飲んでくだされば――」

「仕方ない」

友田は大声で言うと、寝ている金五の前に座り、平たい背中を向け、首を金五の方へ回すと、

「おい、蚊とんぼ、わしの背中におぶされ」

と命じた。

「旦那――」

一瞬、金五は言葉に詰まり、

「旦那にそんなことしてもらっちゃ、罰が当たるよ」

涙声になった。

「今日は大雪でひどい雪道だろうし」

「その通りだ。わしは真底《しんそこ》、迷惑だと思ってる。だが、今後、おまえの祖母さんに迫

い回されるのは、もっと、迷惑だ。それと、くれぐれも言っておくが、わしがおまえを背負って、祖母さんのところへ送り届けるのではない、この背中が勝手にやることだぞ」

桂助は、

「金五さん、友田様のご厚意に甘えてお帰りなさい。何より、お祖母さんのことが気がかりでしょうから。ただし、薬は持ち帰るもののほかに、今ここで飲んでいってもらいます。友田様はしばらくお待ちください」

と、早速清熱解毒の薬を煎じはじめた。

口に苦い煎じ薬を金五は不味いと言わずに、うれしそうに飲み干し、

「おいら、鋼次さんのことは兄貴みてえに思ってるんだけど、一つ、どうしても、腑に落ちねえことがあるんだ。兄貴が友田の旦那をよく言ったのを聞いたことがねえ。おいらがいくら、友田の旦那はいい所があるって頑張っても、そうじゃねえって。でも、やっぱり、おいらの方が当たってた。先生だって、そう思うだろ?」

と言った。

四

「おい、早くしろ」

友田に急《せ》かされて、その背中におぶさった金五は、

「旦那、すみません」

小声で礼を言った。

さらに金五を背負って友田が立ち上がると、

「重くねえですか」

おろおろと案じた。

「話しかけるな、うるさい。それより、しっかりつかまって、蚊とんぼの手足が落ちないようにしろ。第一、背中に声かけても何にも聞こえないぞ」

友田は撥《は》ねつけるように言って、むすっとした顔のまま戸口へと向かった。

桂助は一人になった。

――たしかに金五さんの言うとおり、友田様には優しいところがおありだ。金五さんは帰ってよかった――

ほっと息をついたのは、

――ここに患者さんを泊めておくのも危ないことなのかもしれない。ことにわたし

のよく見知った相手ともなれば――

患者にまで岩田屋の魔の手が及ぶかもしれないと気がついたからであった。帰って行った友田と金五に、何事もなければいいと念じずにはいられなかった。

――友田様がいくら剣の達人でも、夜の雪道で金五さんを背負っていては――

桂助はしばらく不吉な予感に苛《さいな》まれていたが、気を取りなおして厨《くりや》へ立った。厨には志保が桂助のために夕餉を用意してくれている。志保が訪れる時に限ってのものだが、以前は毎日来ていたのだから、ほとんど毎夜、志保の心づくしを口にしていた。

――鰯は煮ても美味《おい》しいな――

志保は幼い頃、母親に死に別れたため料理上手で、昼餉用にともとめた素材を残しておいて、異なった味の夕餉の菜《さい》にする工夫にも長《た》けていた。今日のは醤油《しょうゆ》と酒、生姜《しょうが》、砂糖で煮付けただけだが、

――すし煮には驚いた――

鰯の開いた腹の中におからを詰めて甘辛く煮る、やや凝った逸品は志保の得意料理の一つであった。

――そういえば、あれを志保さんが初めて作ってくれたのは、そうは忙しくない、

今日のような日の昼餉だった。鰯とおからの取り合わせと聞いて、わたしも鋼さんもいったい、どんなものを食べさせてくれるのかと、楽しみでならなかった。あの時の志保さんは得意満面で、作る方も待つ方もはしゃぎ気味だった――

桂助はしばし、かつてのなつかしい一時をほのぼのと思い出した。

だがすぐに、

――しかし、今は志保さんの厚意に甘えてばかりはいられない――

気を引き締めて、握り飯と鰯の煮付けの夕餉をすませた。

――わたしは断固、志保さんや鋼さん、そばにいてくれる人たちを守らなければならない――


「若旦那様、わたしです」

戸口から聞いたことのある渋い声が聞こえてきた。

「伊兵衛《いへえ》かい」

「はい、左様でございます」

戸口に立っていたのは実家藤屋の大番頭伊兵衛だった。伊兵衛は扁平《へんぺい》な四角い顔に笑みを湛《たた》えている。子どもの頃病弱だった桂助は、この伊兵衛にどれだけ世話になったかしれなかった。

「煤籠《すすこ》もりをご一緒した伊兵衛でございますよ」

もともより病人は煤や埃《ほこり》を嫌う。それで年の瀬に行われる大掃除の際、病人は一時土蔵などに移って、自分の部屋の掃除が終わるのを待つ。これが煤籠もりである。病人が子どもだと退屈するので、奉公人が付き添った。

「若旦那様は双六《すごろく》がお好きでした。あと漢詩も。双六の方はともかく、漢詩となると苦労いたしました」

桂助は幼い頃から書物が好きであった。

「煤籠もりの日が近づくと、若旦那様と話を合わせなくてはと、皆が寝静まった後、李《り》白《はく》や白楽天《はくらくてん》を睨んでおりました」

双六とはさいころ遊びの一つ、李白や白楽天は唐代の詩人である。

「その時は寝不足で目を腫らせて叱られましたが、今、思い返すとかけがえのない思い出です。暮れが近づくと毎年、そっとうれしく思い返すんでございますよ」

伊兵衛は目を細めている。

「叱られたのかい？」

桂助は伊兵衛の語る思い出に引き込まれていた。

「ええ、前の大番頭さんに」

「たしか伊兵衛はあの時、目が毎日赤かった。わたしが訊《き》くと、目にごみが入ったんだと言っていたね」

「ご心配をおかけしたくなかったからです」

「言ってくれれば、李白や白楽天を読もうとは言わなかったものを――」

「それじゃ、わたしの気がすみません。若旦那様のお好きなものは、わたしもそこそこはわかるようになりたい、そう思っておりましたから。それにわたし、小さい時から算盤《そろばん》には長けておりましたが、ああいうむずかしいものとなると、敷居が高くて、若旦那様と一緒でなければ、夜中に睨むこともなかったはずです。おかげで今は詩吟《しぎん》が趣味の女房と気が合っております」

伊兵衛の頰が染まった。伊兵衛は小柄で金壺眼《かなつぼまなこ》の典型的な〝白ねずみ〟であった。

〝白ねずみ〟とは、妻帯せぬまま、一生を雇用先に捧げる奉公人のことである。

この伊兵衛に異変が起きた。若い奉公人おいくの世話を焼いたのが縁で、仕立て物で暮らしを立てている母親おさいと知り合い、主長右衛門の勧めで夫婦《めおと》になったのである。伊兵衛はもう藤屋には住み込んでいない。

「寄り道なんかしていいのかい？」

家族想いの伊兵衛は夜なべの仕事でもない限り、まっしぐらにおさいやおいくの待つ自分の家に帰るのだと聞いている。

「それとも――」

歯でも痛むのかと、桂助は伊兵衛の顔をまじまじと見たが、四角い顔は生まれつきで、頬が腫れている様子はなかった。

「まあ、上がって」

桂助は伊兵衛を家の中へ招き入れ、茶を淹《い》れて志保が置いていった酒まんじゅうを勧めた。

「これはありがたい」

伊兵衛は甘いものに目がなかった。重箱へ手を伸ばし、早速一つ取って口に入れ、もう一つと伸ばしかけた右手を左手でぴしゃりと叩いて、

「こいつはいけない、夕餉が進まなくなっておさいに叱られる」

独り言を呟いた。

「何の用なのかな？」

伊兵衛が訪れるはずなどないのである。

「実は若旦那様にご相談したいことがあるんです」

「おとっつあんに言えないことだね」

「ええ、まあ」

「仕事のことではないね」

「はい」

「となると、おっかさんかお房《ふさ》のことだろう」

「よくおわかりで」

「伊兵衛とおとっつあんは仕事では一枚岩だからね、わたしに相談する必要などない。だとすると、家族のことしかないはずだ」

「お房お嬢様のことです」

伊兵衛は神妙な顔で切り出した。

「おおかた、くよくよしているのだろう」

岩田屋が伸ばした魔の手が桂助の仕事仲間の本橋十吾に及んだ時、お房は巻き添えになったのである。

「言い寄ってきた相手がまた悪い奴だったというのは、やりきれないものだと思う」

ずっと以前、お房は岩田屋の息子の一人を婿《むこ》に取り、毒を盛られ続け、危うく命を奪われそうになったことがあった。この時の岩田屋の企みは、桂助擁立《ようりつ》の布石《ふせき》として、養家の藤屋を乗っ取るためであった。

「お房お嬢様はたいそうお元気でございます」

「それはよかった」

またしても、お房の心が傷ついたのではないかと、案じていただけに、桂助は心から喜んだ。

——お房も大人《おとな》になったものだな——

ほっとため息を洩《も》らしかけると、

「よいにはよいのではございますが」

伊兵衛は困惑した顔を向けた。

「何かあるのかい？」

「日本橋室町《むろまち》にある紬屋《つむぎや》さんをご存じでしょう」

「藤屋とは株仲間だね」

株仲間とは同業者のことである。

「あそこの若旦那太吉《たきち》さんがこのところ、よくおいでになります」

紬屋は藤屋ほど大きな店ではないが、大島紬にかけては江戸一を誇る、知る人ぞ知る地味な老舗《しにせ》であった。

「商《あきな》いの用で来るのだろう」

「ええ、当初はそうでございましたが——」

「今は違うのかい？」

「お内儀《かみ》さんが正月の晴れ着を選びたいとおっしゃって、しげしげとおいでになります。お内儀さんはお悦《えつ》さんとおっしゃるのですが、あの質文《しちぶん》の娘さんで——」

質文といえば、新興ながら飛ぶ鳥を落とす勢いの質屋であった。

五

「へえ、質文のお悦さんが紬屋のお内儀さんにおさまっていたのか——」

「おや、若旦那様、お悦さんを知っておられるのですか」

「〝口の中を診てほしい〟とここへ来たことがある。どこへ嫁ぐとは言っていなかったが、女は嫁げば子をなすのが習いで、その際、歯が弱るのもまた習い、今のうちにむしばなぞ無くしておきたいと——」

「歯抜きをして差し上げたんですね」

「いや、その必要はなかった。むしばはなかったが歯茎の腫れているところがあって、歯と歯茎の間をいつも清潔に保つよう、鋼さんの房楊枝を勧めた。お悦さんはここにあった房楊枝を買い占めて行った」

「房楊枝を買い占めるぐらいならまだいいんですよ」

「後で質文の手代が房楊枝の代金だと言って、三十両もの金子《きんす》を届けてきて驚いた。志保さんに言って、頂き過ぎた分をお返ししようとすると、これが質文のやり方だと言われて押し切られた」

「そうそう」

伊兵衛は苦々しい顔でうなずいた。

「一時が万事、質文じゃ、成金のたいした大盤《おおばんぶ》振る舞《ま》いなんです。お悦さんの婚礼の日、質文の店先じゃ、祝い餅《もち》や銭を包んだおひねりが、朝から晩まで、飛び交っていたっていう話ですからね。そんな質文の娘ですからね、お悦さんは我《わ》が儘《まま》で派手好きと評判です」

「たしかに晴れ着が欲しければ、自分のところで間に合わせればいいはずだね。紬屋だって呉服屋なんだから、紬のほかに友禅も小紋もある――」

桂助は藤屋の両親やお房が、他の呉服屋で買い物などしないことを思い出した。

「お房お嬢様から訊いた話では、お悦さん、自分のお店《たな》、紬屋の品では気に入らないんだそうですよ」

「お房が紬屋の太吉さんのお相手をしているんだね」

――やっと、肝心《かんじん》のお房に話が戻ったな――

桂助は何より、お房のことが気がかりであった。

「太吉さんがうちへ通ってくるようになってから、もうかれこれ三月《みつき》になります。お悦さんとお房お嬢様は、そう年が変わらないということがわかって、太吉さんから晴れ着探しの相談を受けた旦那様は、お房お嬢様を引き合わせたんですよ。同じ年頃なら好みがわかるだろうと――」

「それでこれぞという晴れ着は見つけられたの?」

「いえ、まだです。十日に一度は京から極上の友禅が届いているのですが――」

「お悦さんの気に入らないのだね」

「そのようです。新しい反物が届くたびに、使いを出して太吉さんにお越しになっていただき、柄をお見せして、お持ち帰りいただくのですが――」

「むずかしいものだね」

桂助は苦笑した。

「見かねた旦那様が、それではもう特別注文にするしかない、お悦さんの好みの絵柄から始めよう、その絵柄をお悦さんの気に入るまで手直しした後、名人と言われる京の友禅職人に頼んで、染めてもらおうという案を出されました」

「そうすれば間違いはなかろうが」

ただし、そこまでの品となると、大奥の御台所《みだいどころ》や側室の晴れ着と同じである。天井知らずの品代であってもおかしくなかった。

「お悦さんの好みの柄は雪椿《ゆきつばき》だということでした。そこで旦那様は親しい絵師に、何枚か雪椿の絵柄を描かせ、お房お嬢様から太吉さんに渡すようおっしゃったのです」

そこで伊兵衛は一度言葉を切った。

「それがかれこれ二十日は前のことでした。わたしはその絵柄の下絵、とっくに太吉さんに渡っていると思っていたのですが――」

「まさか、太吉さんに渡っていなかったのでは」

うなずいた伊兵衛は、

「お房お嬢様のお部屋を掃除していた小女《こおんな》が、押し入れの中を整理していて見つけたのです」

顔色を曇らせた。

「お房はどうしてそんなことを?」

「世間では紬屋さんのお内儀《ないぎ》は派手好きだと噂《うわさ》しています。贅沢《ぜいたく》なのは着るものだけではないのですよ。料理屋から美味いものを取り寄せ、芝居見物は日課――」

「お悦さんの浪費はそこまでひどいのか」

「これはわたしの考えですが、紬屋さんでは、派手好きなお悦さんを嫁に迎えて、悲鳴をあげているのではないかと思うんです」

「嫁に特別注文の晴れ着を誂《あつら》える余裕はないというのだね」

「これは旦那様もご存じない下世話《げせわ》の噂話にすぎませんが、成り上がり者の質文の主は、娘を老舗に嫁入りさせたくて、ずいぶんあちこちに根回しをしたそうです。商いが上手《うま》く行っているところは、縁組みを持ちかけられても断ったと聞いています」

「紬屋さんがお悦さんを迎えたのは、商いが苦しく、質文の助けを期待したからだとでも？」

「地味すぎる商いの紬屋が先細りしているという噂は、ずいぶん前から耳にしています」

「だとしたら、お悦さんに贅沢三昧《ざんまい》などされたら、大変じゃないか」

「お悦さん本人は質文の娘の頃と同じに振る舞っているつもりでも、このまま続ければ、いずれ、きっと紬屋を潰《つぶ》してしまいますよ」

「質文の主は、娘のお悦さんをたしなめないのだろうか」

「目に入れても痛くない可愛《かわい》がりようだったと聞いていますから、そんな気はないでしょうね」

「お房はたぶん、太吉さんからその話を聞いて同情したのだろう。それで、高価な特別注文の話を太吉さんに出来ずにいるのか――」

「それだけならいいのですが」

伊兵衛は口籠《くちご》もった。

「まさか――」

桂助の顔色が変わった。

お房は明るく素直な娘だが、人を信じやすく男には惚《ほ》れっぽかった。

「ええ、そのまさかなんですよ」

「見た人がいるのかい？」

「わたしでよかったですよ」

伊兵衛は大きなため息を一つついて、

「お房お嬢様と太吉さんが連れだって、浅草観音の歳《とし》の市の人混みを歩いているのを見てしまったんです」

「お房は独身《ひとりみ》だが、太吉さんにはお悦さんという人がいる」

二人の仲が親密ならば不義密通になる。不義密通がお上に知られれば、死罪と決まっている。

「その通りです。ですから、わたしは気になって気になって。わたし以外に見かけた知り合いがいるかもしれませんし――」

「これはおとっつあん、聞いたら死ぬほど心配するな。只でさえ心の臓が弱いことだし。おっかさんなんて、夜もろくろく眠れなくなるだろう」

「ですから、わたしはこうしてお話を聞いていただくしかなくて。質文の主があの岩田屋の手代だったっていうのも、気になるところなんです」

「そうか――」

桂助は岩田屋と聞いて、全身の血がぞっと凍りつくような気がした。

「岩田屋に叩き込まれたから、質文はあそこまで汚い商いができるんだと言ってる人もいます。質文は浪費癖のある娘をだしにして、紬屋の看板を乗っ取るつもりだとも。あながち、見当外れな話じゃないように思えるから怖いんです。わたしは、もう、これ以上、お房お嬢様に紬屋や太吉さんと関わってほしくありません」

伊兵衛はきっぱりと言い切って、

「お房お嬢様を止められるのは若旦那様、あなただけです。どうかお願いします」

頭を深く垂れた。

「わかった、とりあえず、お房と話してみるよ」

翌々日、桂助は昼で治療を切り上げると、実家のある日本橋呉服町へと向かった。

降った雪はまだ残っていて、うっすらと射している陽《ひ》の光がひどく頼りなげに見える。吐《は》く息は白く外気は冷え冷えとしていた。

――雪の後は寒いだけではなく、殺伐《さつばつ》としているな――

桂助の心は重く緊張していた。

――何としても、お房につきあいを止めさせなければ――

藤屋の大きな看板が見えてきた。

「若旦那様」

店の前では伊兵衛が待ち受けていた。

「桂助」

母のお絹も走り出てきた。

「あなたがうちで年忘れの膳を囲みたいと言っていると、昨日、伊兵衛から聞いてどんなにうれしく、心待ちにしていたことか――。鶉《うずら》椀のご馳走にしたくて、朝から鶉を叩かせていたのです」

お絹の髪には白いものが増えていたが、優しいその笑顔は前にも増して温かかった。

「もちろん、あなたが好きなカステーラも拵《こしら》えてありますよ」

六

「こうしておまえと膳が囲めるとは、今年はよい年の瀬だ」

ほろ酔い加減の長右衛門は満足そうに言った。長右衛門と桂助が上座に座り、その下座にお絹そしてお房が連なっていた。

――おっかさんばかりじゃない、おとっつあんも白髪が増えたな――

長右衛門の太い眉が消し炭色に変わってきている。

「〈いしゃ・は・くち〉はどうだ？　わしの聞くところでは、長崎帰りの口中医藤屋桂助の痛くない歯抜きは江戸一の腕前、連日押すな押すなということだが――」

「雨や雪の日以外はその通りです」

「ともあれ、商売繁盛は結構なことだ」

長右衛門はうれしそうに目を細めた。

「ところで店の景気はいかがですか？」

桂助は紬屋について探りを入れてみた。

「お客様に正月の晴れ着を頼まれているのだが、なかなか〝うん〟と言ってもらえない」

「それは難儀ですね」

「難儀なものか、これぞ、商人の意地の見せどころだ。なあ、お房」

相づちを求められたお房はうなずく代わりに下を向いた。いつもと違ってお房は口数が少ない。

「でも、お返事がまだありませんね」

お絹は首をかしげた。

「大奥のお方《かた》様たちと同じ特注の品でもお気に入らないとなると、あなた、この先、いったいどうされるんですか？」

「まだ気に入らないと決まったわけではない」

「大奥と同じ特注品ともなれば、たいそうな品代でしょうね。先方はそれが気に入らなかったんじゃありませんか」

桂助は思い切って言った。

「実はわたしもそう思ったりしてるんですよ、紬屋さんのことはいろいろお聞きしてますし」

お絹が言葉を添えると、お房は目を上げてお絹の顔にうなずいた。お絹は小声で、

「紬屋さんの台所が苦しいという話は、あなたの耳にだって入っているはずです」

と長右衛門の耳元に囁《ささや》いた。

「小賢《こざか》しいことを言うな」

長右衛門は一喝《いっかつ》した。

「紬屋は藤屋同様、権現様《ごんげん》がこの江戸に開府して以来、連綿と続いてきた老舗だ。紬屋、藤屋のそれぞれの初代は、共に大奥への出入りを競ったという話だ。わしはお悦とかいう浪費好きの嫁のために、晴れ着の逸品を納めようとしているのではないぞ。だから、気に入るまで品を探せという嫁の要求は、紬屋が藤屋に叩きつけた挑戦状だと心得ている。紬屋が窮していると見て、特注品の話をしないのは、紬屋の栄《は》えある看板に唾《つば》を吐くようなものだ」

夕餉がすむとお絹はすぐにカステーラを運ばせようとしたが、

「おっかさん、今日はここへ泊まりますから、カステーラはもうしばらくしてからいただきます」

桂助が言うと、

「まあ、本当？　泊まってくれるの」

お絹はぱっと顔を輝かせた。

「お絹、せいぜい、美味い朝餉を拵えてやりなさい。今なら味噌汁は水菜で菜《さい》は生海苔《なまのり》だな」

長右衛門はさっきの剣幕とは打って変わって優しい口調で、

「そうそう、いい干鱈《ひだら》もあったわ」

お絹はいそいそと厨へと姿を消した。

桂助が実家に泊まることにしたのには理由《わけ》があった。

二人だけになった時、紬屋の太吉とのことを聞き糺《ただ》すつもりでいたが、お房の方から、

「兄さん」

人気《ひとけ》のない廊下で呼び止められ、

「折り入って話があるの」

思い詰めた目を向けられていたからであった。

「部屋じゃ、兄さんのことが気になって仕様がないおっかさんが来て、話を聞かれかねないから外で——。裏庭の山茶花《さざんか》の垣根のとこで待ってる」

——山茶花の垣根のとこか。この季節、お房が好きな場所だった——

桂助は子どもの頃、お房と山茶花の花の前でままごと遊びをしたことを思い出した。

——元気なお房は頬を真《ま》っ赤《か》にして泥まんじゅうを作っていたな。泥まんじゅうが食べられないものだとわかる前は、わたしに食べろと言ってきかなかったこともある。あの時はあんまりお房が泣くので、可哀想《かわいそう》になって食べてみようかと思ったほどだ。伊兵衛に見つかっていなければ食べていただろう。この時期、外でのままごと遊びは、寒すぎるからと、禁じられていたが、お房は山茶花が綺麗《きれい》だから我慢できないと言って、わたしを誘い出した。そのせいで、風邪に罹《かか》ったわたしが熱を出して、何日も寝込んだことがあった。あの時ばかりはお房もしょんぼりして、涙を目に溜め、わたしの枕元にじっと座っていた——

今となれば、すべてがなつかしい思い出であった。

お房は先に来て待っていた。両袖の袂《たもと》をくるくると両腕に巻き付けている。

——変わらないな——

お房ならではの寒さ除《よ》けであった。お房は子どもの頃から、人が見ていないところでは、こうして不作法に暖を取る。

「兄さん、来てくれたのね」

お房は切羽詰《せっぱつ》まった様子である。

「話というのは、太吉さんのことだね」

早速切り出した桂助は、伊兵衛から聞いている話をした。

「浅草観音の歳の市に連れ立っていたというじゃないか」

「ええ、でも、伊兵衛が心配しているようなことじゃないわ。太吉さんが大黒天《だいこくてん》を盗むのを手伝おうとしただけだから」

「やはり紬屋さんは苦しいのだな」

大黒天は七福神の一人で、富をもたらす神様である。歳の市の露店から、首尾良く大黒天の尊像を盗みおおせることができると、金運に恵まれるという言い伝えがあった。

「質文ではお悦さんを紬屋の嫁にする時、相応の援助を約束したんじゃないのかい？」

「それはそうだけど、お悦さんの贅沢が過ぎるのよ」

お房はため息をついた。

「あたしも我が儘いっぱいに育ったけど、お悦さんはあたしの比じゃないわ。そのうち上様の御膳を取り寄せたいなんて、言いだしかねない人ですもの」

「大奥と同じ特注品なら気に入るだろう」

「ええ、たぶん。そして、紬屋さんではきちんとうちに支払いをなさるでしょう。おとっつあんの呉服屋としての意地を、あちらも意地で受けとめて返すってわけね。わからないでもないけど、〝それをおやじにさせたら、紬屋は店を畳むしかなくなる〟って、太吉さんは案じているの」

「それで太吉さんと相談して下絵を隠し、お悦さんに知られないようにしたんだね」

「そう。そのうちお悦さん、晴れ着のことを諦めてくれるかと思ったの。でも、ますます執着するばかり。太吉さんじゃ埒《らち》があかないから、自分でここへ来るなんて言いだしてるのよ」

「お悦さんに乗り込まれては下絵を隠していたことがわかってしまう」

「そうしたら、藤屋の看板に傷をつけたって、あたしがおとっつあんに叱られるだけじゃすまないわ。お悦さんは特注してしまい、紬屋は潰れる。どうしたらいいか――」

「お房、これはどうするもこうするもない、今からおとっつあんのところへ行って、包み隠さず今までのことを話すんだ。おとっつあんだって、紬屋のそこまでの窮状を知れば、特注の話は無かったことにするはずだ。たとえ意地は通せずとも、幼馴染《おさななじ》みか、兄弟みたいな同業者が暖簾《のれん》を下ろすよりはましだと、おとっつあんは考えるだろう」

「兄さん、一緒に行ってくれる？」

「もちろんだよ」

——そういえば、子どもの頃のお房ときたら、木登りや線香花火、駄菓子買い、大人にだめだと言われていることは、何でもやりたがって、見つかって叱られそうになると、一緒に謝ってくれと、わたしのところへ飛んできたものだった。困った妹だった——

しみじみとお房を愛おしく思ったが、

「一つ、確かめておきたいことがある」

鋭い声で釘を刺した。

「太吉さんには、お悦さんという人がいるのを忘れてはいないだろうね」

「太吉さんとあたしのことなら、案じるようなことは何もありません」

お房はきっぱりと言い切った。

「いろいろお話を伺《うかが》って親しくしているけれども、太吉さんとは商いを通じてのおつきあいにすぎないわ。あたしはお悦さんの晴れ着を見立てるのを手伝っているだけ。それに何より、太吉さんは紬屋の先行きを案じるのと同じくらい、お悦さんのことを想っていなさるのよ。身重のお悦さんは来年の夏には身二つになる。太吉さんはお悦さんとお腹の子が愛おしくてならず、晴れ着が欲しい、極上の晴れ着でなければ嫌だと騒いでいる、お悦さんの我が儘を聞いてあげているのですもの――」

七

桂助とお房が店の中へと戻ろうとすると、裏木戸の開く音がした。

「太吉さん」

お房が叫んだ。

月夜のせいで、青い顔で息を切らしている太吉の顔が見えた。

――お房の言い分は嘘《うそ》ではなさそうだ――

太吉は見るからに色男と言えるほどの男振りではなかった。中肉中背のどこにでもいそうな江戸の男である。面食いのお房は、役者にでも見紛《みまが》う美形が相手だと、まっしぐらに突き進む癖があった。太吉はこの範疇《はんちゅう》に入らない。

「お悦が――」

太吉は言葉に詰まった。

「いったい、お悦さんの身に何があったの？」

「部屋で倒れていた。好きな金平糖《こんぺいとう》を食べてすぐ――、もう息をしていない」

太吉は力の無い声で言った。

「息が無いというのは間違いありませんね」

桂助が念を押すと、

「弟で手代をしている彦治《ひこじ》にも確かめさせました。お悦は死んでしまったのです」

太吉の目から涙がこぼれた。

「朝には番屋《ばんや》に届けるつもりですが、突然のことに気持ちの整理がつかず、気がついたら家を出て、ここまで歩いてきていたのです。どうしても、お房さんに話を聞いてもらいたくて――。夜分、表からでは取り次いでもらえないと思い、裏へ回ったところ、お房さんの声がしたので、たまらず、木戸を開けてしまいました」

「番屋ではここへ立ち寄ったこともお話しになるつもりですか」

桂助は訊いた。

「訊かれれば話すしか――」

「それではすぐにここからお帰りになってください。そして、あなたがこうしてお房に話をしに来たことは、黙っていると約束していただきたいのです。今まで、お房にいろいろ打ち明けていたことも——」

「兄さん、何を言いだすのよ」

お房の声に怒りが籠もった。

「太吉さんはたまらない気持ちでおいでになったのよ。見知った間柄なら、話を聞いて、支えになってさしあげるべきじゃないの。兄さんらしくもない、人の道に外れて——」

お房は涙声になった。

「太吉さんにお訊ねします。お悦さんはどんな理由で亡くなったと思っていますか？」

桂助は太吉の顔に目を据えた。

「恐ろしい形相《ぎょうそう》で、食べたものを畳に吐き出しました。お悦は金平糖の毒に当たったんだと思います」

「金平糖に猛毒が塗られていたということですね」

太吉は黙ってうなずいた。

「そんなことをする者に心当たりは？」

「ありません。お悦の世話をしているのは、実家からついてきたばあやのおよしで、忠義一徹の者です」

「そのおよしさんはあなたを嫌ってはいませんか？」

「多少は――」

太吉は控えめに答えて、

「お悦とおよしは一心同体と言っていいほどの仲なので、二人の間に割って入る婿のわたしを、面白く思っていなかったかも――」

「そうなると、およしさんはお上に詮議を受けた時、必ず、あなたに不利なことを言いますね」

「まさか、あなたはわたしがお悦を殺したとでも――」

太吉は目を瞠《みは》った。

「兄さん、いい加減にしてよ」

お房は桂助を睨み据えて、

「もういいわ、兄さん。さっき話したことは無かったことにして、先に戻っていてちょうだい。あたしはここで、しばらく、太吉さんの話を聞いてあげたいの。大事なお内儀さんを亡くして、太吉さん、どんなに悲しいか――」

と続けた。

「おとっつあんのことはどうするんだ？」

「お悦さんが亡くなってしまったのなら、特注品の話も流れて、今更、おとっつあんに話すこともないじゃない――」

そこまで言って、お房は知らずと手を口に当てた。

「あら、嫌だ。お悦さんが亡くなると、太吉さんや紬屋は助かるんだわ」

「たしかにそうでした」

太吉はうつむいた。

「わたしは疑われても仕方のないところにいますね。少なくとも、普段からわたしをよく思っていないおよしは、お悦にせがまれて、懸命に晴れ着を見立て続けているわたしが、時にお悦を、〝我が儘者〟と罵《のの》っていたことをお上に告げるでしょう」

一言一言嚙《か》みしめるように言った。

「ですから、お約束します。ここへ来たことも、以前からお房さんに打ち明け話をしていたことも、わたしは一切他所《よそ》へは洩らしません。洩らせばわたしばかりではない、お房さんにも迷惑がかかりますから」

「わたしが太吉さんと示し合わせて、お悦さんを殺したってことになりかねないのね」

お房は唇《くちびる》を噛んだ。

「兄さん、お願い、何とかして」

お房は桂助の袖を握った。

――やれやれ、子どもの頃と同じだな。無理を言う時、お房はいつもこうだった――

桂助は心の中で苦笑した。

「兄さんなら、何とか太吉さんを助けられるはずよ」

お房は袖を握る指に力をこめた。

「お房さん、もう、いいんです。あなただけは決して、巻き添えにしたくない。それが親身になってくれたあなたへの、せめてもの御礼の気持ちです」

そう言って、踵《きびす》を返しかけた太吉に、

「わたしを紬屋に同行させてください」

桂助は声をかけた。

「わたしは口中医ですが、以前、遺体から死因や下手人《げしゅにん》を突き止めることができました。確約はできませんが、あなたにかかる嫌疑を晴らすことができるかもしれません」

「いいのですか、あなたにまで迷惑がかかっては――」

「構いません。このままでは、妹がわたしの片袖を離してくれませんから」

桂助は今度は心の中でではなく、顔に出して苦笑した。

こうして、桂助は太吉と二人、日本橋室町の紬屋めざして夜道を急いだ。

途中、桂助は、

「手代の彦治さんというのは弟さんなのですね」

彦治について訊いた。

「二つ違いの腹違いの弟です。彦治の母親は父の馴染みの深川芸者でした。芸者の母親は早くに彦治を手放し、わたしたちは幼い頃から一緒に育ったので拘《こだわ》りはありません」

「普通、商家の次男、三男は養子に出ることが多いものですが」

「父貞右衛門《さだえもん》の意向です。彦治があまりに賢いので、他所へ出すのは勿体《もったい》ないと惜しんだのです。父が彦治に、わたしを助けて紬屋を盛り上げるよう言い渡したのですよ。たしかに彦治には商才があります。凡庸《ぼんよう》なわたしなどより、よほど主にふさわしいかもしれません」

「太吉さん、あなたは正直な人ですね」

「父によく、〝正直は取り柄《え》ではない、馬鹿という代わりに使うだけなのだから、そんな褒《ほ》め言葉でいい気になるな〞と言われていますよ。でも、仕方ありません。持って生まれた性分ですから――」

――もしかしたら――

「ところで、およしさんというのは幾つくらいですか？」

「五十の半ばは越えているでしょうね」

「彦治さんの年は？」

「二十一です」

――芸者さんの盛りは二十前後。およしさんが彦治さんの実の母で、お悦さんを殺し、その罪を太吉さんに着せて、彦治さんに紬屋を継がせようとしたかもしれないとは思ったが、これはあり得ないな。年が行き過ぎている。それに何より、貞右衛門さんとおよしさんは家の中で顔を突き合わせている。およしさんが彦治さんの母親で、昔馴染んだ相手なら、とっくに正体を見破っているだろう――

紬屋に着くと二人は裏木戸から中へ入った。

「父は三日前から風邪で寝込んでいるので、まだこのことを話しておりません。店の者で知っているのは彦治だけです。彦治にはおよしにも言わないよう、口止めしてあります」

桂助は太吉に案内され、庭を横切ってお悦の部屋の縁先に立った。

「上がらせていただきます」

桂助は畳の上に倒れて仰向《あおむ》けで死んでいるお悦を見た。畳の上に吐瀉物《としゃぶつ》が飛んでいる。吐瀉物の中に金平糖があった。

「あっ」

と太吉が叫んだのは、死んでいるお悦の着物の裾に血が沁《し》みだしていることに気がついたからであった。

桂助は遺体を横にしてみた。傷は背中にも見当たらなかった。

「手代の彦治でございます。先生は、死人から下手人を当てることができるお方だとか――。さきほど、若旦那からお聞きしました。わざわざここまで、おいでいただきありがとうございました」

彦治が部屋に入ってきた。腹違いだけあって太吉には似ていない。俊敏な感じのする小柄な男前であった。彦治は、

「実はお内儀さんに毒を盛ったのはわたくしでございます。金平糖に石見《いわみ》銀山鼠《ねずみ》取りを塗りつけておいたのです」

静かな口調で言った。

「若旦那に疑いがかかる前に白状するつもりでおりました。お内儀さんの暮らしぶりは、日頃から目に余るものがあり、このままでは、いずれ紬屋が潰れてしまうと、案じた末に思いついたことでございます」

「彦治、わたしが特注品の話をしたばかりに——。おまえがこんなにまで思い詰めるとわかっていれば、話はしなかったものを。わたしとしたことが」

太吉は青ざめた。

桂助は〝うん〟と目でうなずくと、

「ご遺体の口を拝見いたします」

お悦の口の中を調べはじめた。

「もとからあった歯草が進んでいます。前にはなかったむしばもできています。むしばを防ぐお歯黒も剝《は》げていますから、お悦さんはこのところ、よほど、口の中の手入れが悪く、甘いものをお好きだったのでしょうね。ところで、前からお内儀さんは偏食でしたでしょう？」

「子どもがお腹に居るのだから、子どものためだと言って、嫌いなものも我慢して食べるよう意見はしていたのですが、なかなか——、もっと強く言っていれば」

太吉は悔やんだ。

「あの気性では何を言ってもだめでしたよ」

彦治は言った。

「お内儀さんが亡くなったのは、歯草とむしば、それと偏った食事などによる、多少のことでも流産を起こしやすい体質が原因です。むしばや歯草の毒が、ただでさえ、母親から滋養を貰《もら》えていないお腹の子に悪さをして、元気に育つのを妨げたのです」

「とはいえ、お悦はこのように吐いて――」

太吉は畳の上の金平糖を見つめた。

「子どもが流れる時にも、急な吐き気は来ることがあると聞いています」

彦治は、思わぬ桂助の言葉に驚き、

「でも、わたしは毒を金平糖に――。そして、お内儀さんは金平糖を口にして――」

「あなたが菓子盆に盛った金平糖の数は幾つでしたか？」

桂助は訊いた。

「二十です」

「お悦さんが食べた後、今、ここに残っている数を数えてください」

桂助はそばにあった、金平糖の載った菓子盆を彦治に渡した。

「さて、それでは幾つ、お悦さんが食べたか――」

桂助は吐瀉物の中から、ひい、ふう、みい――と金平糖を五つまで数えた。

「十五」

「お悦さんは食べた金平糖を全部吐き出しています」

「でも、塗ってあった毒は溶けていたはずで――」

彦治は首を横に振った。

「やっぱり、わたしのせいです」

「それはそうです」

桂助はお悦の髪に挿さっていた平打ちの簪《かんざし》を手に取って、吐瀉物を掻《か》き回した。

「この通りですから」

銀の簪の柄が黒く変わった。

「お悦さんは金平糖と一緒に毒も吐き出していたんです。ですから、お悦さんはあなたが仕掛けた毒で亡くなったのではありません。流産による大出血が禍《わざわい》したのです。その証に畳の血はお悦さんの下腹部から広がっています。子どもが育ちにくい体質に加えて、むしばや歯草が悪さをしている流産となると、たいそう質の悪いものなのです。さっきも申しましたが、吐瀉物は、流産の際、腹部がぎゅっと縮んで、一挙に食べたものが逆流した証です」

　桂助の説明に、

「わたしがもっと気をつけて、甘いものを食べた後、房楊枝を使って、口の中を清めるようにと、注意してやっていればこんなことには――」

　太吉は自分を責めた。

「お悦、わたしが悪かった、許してくれ。紬屋を助けてくれている、おまえの実家質文に苦情を言われて、助けを打ち切られては困ると、それぱかり気にして、親身になってはいなかったのかもしれない」

　涙を流して、太吉はうなだれた。

「若旦那は悪くなんてありませんよ。お内儀さんに意見するなんて、ここにいる誰ができました？　無理な相談でしたよ。お内儀さんは誰の言うことにも耳を貸さず、自分の好き勝手に振る舞う人でした。およしはお内儀さんの我が儘ぶりを喜んでいたから、暇を出されずにいられたんです」

　彦治は言い切った。

「それにお内儀さんに毒を盛ったのは、他ならぬわたしなのですから、誰かが悪いとしたらこのわたしです。自分のしたこととはいえ、今にして思えば何と恐ろしく、浅ましい――」

肩を震わせている彦治に桂助は、

「如何《いか》なる理由があったにせよ、人に毒を盛るのはとんでもないことです。けれども、もう一度言いますが、お悦さんが亡くなったのは、毒を塗った金平糖のせいではありません」

と繰り返した。

「すると、彦治はお悦殺しの下手人ではないということですね」

太吉が恐る恐る念を押した。

「そうです。ですから、番屋に報《しら》せることもないでしょう」

桂助はきっぱりと言い切り、

「病死と届けて、命を得られなかったお子さんともども、手厚く葬って差し上げることです。その前におよしさんに納得してもらう必要があるならば、わたしからこのことを話しましょう」

と続けた。

およしは三日三晩、泣き通して、長きに渡って一心同体だった主家の娘の死を悼《いた》んだ。

お悦の死の真相を知ったお房は、

「お悦さんだって、お腹の子や太吉さんへの想いがあったでしょうに」

ぽろりと涙をこぼした。

そのお房の提案で、お悦の棺桶《かんおけ》には、特注品のための下絵、お悦が好きだったという雪椿の模様を描いた絵が入れられた。

第二話　さくら湯

一

年が明けると暦《こよみ》の上では春である。しかし寒さはこれからが本番であった。

日本橋小伝馬《こでんま》上町《かみ》の千代田稲荷《いなり》裏にある湯屋さくら湯に房楊枝《ふさようじ》を届けた帰り、鋼次《こうじ》は〈いしゃ・は・くち〉に立ち寄った。

「いらっしゃい」

志保《しほ》はいつものように笑顔で迎えたが、鋼次が訪れると、送られて帰る時もほどなく迫ってくるので、一瞬、がっかりしたような表情にもなる。

「桂《けい》さん、まだ治療かい？」

「ちょうど患者さんが切れたところよ。お茶にしようと思っていたの」

志保は作ったばかりのタルタを切り分けて、大皿の上に並べて出してきた。

「どうしてもいつもの年と同じように、タルタを作って皆で食べたかったの。でも、このところ、ここに居られる時は短いでしょ、だから、とてもタルタなんて作る暇がない。それで、桂助《けいすけ》さんに牛酪《ぎゅうらく》をねだって、家に持ち帰って作ってみたのよ。一人で作ったものだから、鋼次さんが手伝ってくれる時ほど、上手《うま》く皮が伸ばせなかったけれど、何とかタルタらしくできたのよ」

「そりゃあ、何よりだよ」

鋼次は目を細めながら、皿の上の一切れを口に運んだ。

「中身はかぼちゃだな」

鋼次はにんまりした。タルタの中身はさつまいもか、かぼちゃを、根気よく裏ごししたものと決まっていたが、桂助も鋼次も風味のあるかぼちゃの方が好きだった。

桂助の方は黙々とタルタを口に運んでいる。じっとその様子を見ていた鋼次は、

──おっ、もう桂さん、二切れ目だ。珍しく俺《おれ》より食うのが早い──

急いで自分も二切れ目に手を出しながら、

──やっぱし、桂さんもいつものようがいいんだな──

しみじみと思い、

「何てったって、この季節は皆で食うタルタだよ」

威勢よく言い放った。

──桂さんも前のようでいたいって、感じているのなら──

鋼次は思い切って、さくら湯の主《あるじ》から頼まれた話をすることにした。

「桂さん、前は俺たち、頼まれるとよく二人で出かけていったよな」

「そうでしたね」

「なのに、ここのところ、さっぱりどこへも出かけない」

「往診は断るようにしているんですよ」

往診には薬籠《やくろう》が必要で、それを背負《しょ》って従うのが鋼次の役目であった。

「わたしと一緒に動いて、鋼さんにもしものことがあったらと思って――」

「気持ちは有り難《がて》えが、困ってる患者がいるってえのにかけつけねえのは、桂さんらしくねえよ」

「それはたしかにそうですが――」

「実は今日、さくら湯の主に、十日に一度でいいから、湯屋の二階で歯の治療をやってくれって、桂さんに伝えるよう頼まれたんだ」

江戸の湯屋には当時、男湯からだけ上がることのできる二階があった。元々は、武士が入浴するのに際し、両刀を預かるために設けられた。その後、商家の者たちも利用するようになり、ちょっとした、遊興場になっていた。

「それなら、何もわたしでなくとも、さくら湯の近くなら、何軒か口中医が看板を掲げているはずですよ」

「さくら湯の主は、江戸一の歯抜きの名手に来てもらいてえと言ってる。客たちもそれを願ってるてんだ」

「そこまで思ってくださるなら、この〈いしゃ・は・くち〉へ来て頂いてください」

「俺も初めはそう思ったが、よくよく聞いてみると、これがそうじゃねえんだ。湯屋の二階が遊び場になっていて、碁《ご》や将棋《しょうぎ》を楽しむご隠居ばかりだったのは昔のこと、今じゃ、若い奴《やつ》らもたむろしてる。若いのは絵草紙読みや女の品定めなんぞで盛り上がってるそうだ。湯屋には茶と菓子がつきものだろ。二階番頭が運ぶ饅頭《まんじゅう》や団子を食って、ひどい歯痛に見舞われる奴らもいるんだそうだよ。湯屋でぶらぶら遊んでる若い連中は、根っからののらくらが多いんだそうで、自分から足を運んで診《み》せに行くことはねえ。そこで主は桂さんに来てもらうことを思いついた。口中医が通ってくるとなれば、ますます客が増えて、繁盛すると踏んだんだ」

「昼間からのらくらしている人たちを助けるんですか――」

桂助は気乗りがしない様子であった。

「のらくらでも、歯で命まで落とすのは気の毒だと俺は思うぜ」

「というと？」

「こういう奴らは、とかく心がふらふらだから、何につけても、危ねえか、大丈夫かもわからねえことが多い。香具師《やし》の歯抜きには年季を積んだ、なまじの医者より腕のいい奴も居るが、どうしようもねえ力任せの新米、へなちょこだって居る。主が湯屋での歯抜きを思いついたのは、親しかった客の一人が、居合い抜きの香具師に歯を抜かれた後、熱を出して、とうとうあの世に逝っちまったことを、〝あの時、ちゃんとした口中医にかかっていれば〟と、悔やんでいることもあるからだそうだよ」

「わかるわ、その気持ち」

志保は大きくうなずいて、

「ねえ、桂助さん」

桂助に相づちをもとめた。

「そのご主人だけではなく、鋼さん、志保さんも、なかなかわたしの痛いところを突いてきますすね」

桂助は苦笑した。

「考えてみます」

「それから——」

「おや、まだ、何かあるんですか？」

「俺の房楊枝と一緒に桂心香《けいしんこう》を売りてえってえんだよ」

「桂心香ですか」

桂助と志保の顔が同時に翳《かげ》った。桂心香は桂助が小間物屋を兼ねる、新興の呉服屋の女主おゆうに頼まれて作ったうがい薬である。シナモンである桂心に甘草《かんぞう》、細辛《さいしん》を擂《す》って等分に混ぜたもので、おゆうの店に置かれていた時は、飛ぶような売れ行きであった。

もっとも今はもう、おゆうの繭屋《まゆや》も閉められていて、おゆう自身もこの世にはいない。おゆうは人を殺《あや》めていたことが知れて、桂助の目前で果てたのである。

――桂助さんは亡くなった長崎の想い人彩花《あやか》さんに生き写しだという、あのおゆうさんに想いがあった――

桂心香とおゆうの面影が被《かぶ》り、志保の心は複雑であった。

――桂助さんはおゆうさんの死を彩花さんに重ねて悼《いた》んでいたに違いない――

「さくら湯の客の中には、〝あれがよかった。今でも欲しいのにどこにも売っていない〟って、嘆く客が多いんだそうだよ」

「桂助さんなら作れるって教えたのは、鋼次さんね」

志保は軽く鋼次を睨《にら》んだ。

「湯屋の主があんまり、桂心香のことを褒《ほ》めて、俺の房楊枝と並べて店に出したら、さぞかしどちらも引き立つだろうなんて言って、うれしがらせてくれるもんだからつ

「桂心香、たしかにわたしも大好きだったけれど、だけど、あれは――」

志保には桂心香が桂助の悲しみにつながるもののように思えている。

「何も鋼次さん、今更、桂心香なんて持ち出さなくても――」

しかし、桂助は、

「そんなに求められているのでしたら、また作って、さくら湯に置いて、皆さんに喜んでもらい、この〈いしゃ・は・くち〉でも売ることにしましょう。さくら湯でもここでも、鋼さんの房楊枝が引き立つのは何よりですからね」

意外なほど明るい口調で言った。

――自分でも不思議だ。彩花やおゆうさん、今まで心の底で拘《こだわ》り続けてきたことが、今ではそれほどでもなくなっている。今はただただ、〈いしゃ・は・くち〉の仲間たちと家族のことだけしか考えられない。仲間たちや家族のためになりたいとしか――

「いいんだよ、桂さん、無理しなくても」

思ってもみなかった桂助の言葉に鋼次はあわてた。

「無理などしていません」

鋼次は頭を掻《か》いた。

い――」

　桂助は優しく微笑《ほほえ》み、

「さあ、そうとなったら、善は急げです。すぐにはじめて、今日中に作ってしまいましょう。それには、治療の終わった後、皆で手分けしなければ――。志保さん、今から、鋼さんと一緒にギヤマン売りを見つけて、うがい薬を入れる小さな瓶を五十ほどもとめてきてください」

「わかったわ。おゆうさんほど見立てがよくないかもしれないけれど、桂心香にふさわしい、可愛《かわい》くて洒落《しゃれ》た瓶を探してきます」

　志保は興奮気味に頬《ほお》を染めた。

「夜なべ仕事になりゃあ、腹も空《す》くな」

　鋼次がぺろりと舌を出してみせると、桂助は、

「たしか、藤屋から干し鯨《くじら》が届いていました」

「鯨に大根、にんじん、ごぼう、葱《ねぎ》とかを合わせて、今夜は鯨汁にしましょう。鯨汁はここの皆の好物でしたもの」

　志保はうきうきとしている。

「志保さんのことは心配いらねえよ、遅くなっても、いつも通り俺が送ってくから、任してくんな」

鋼次はどんと自分の胸を叩いた。そして、

——俺たちはこうでなきゃあな、やっと前みてえになってきたぜ——

寒さのせいばかりではなく、このところずっとすうすうしていた胸のあたりが、ほっこりと温かくなった。

二

こうして桂助はさくら湯での出前治療を引き受けることになった。

いつも通り、桂助について行くと決めていた鋼次に、

「わたしは一人で行きます。わたしと関わりすぎてはいけません」

桂助は断った。

「そりゃあないだろう」

鋼次は泣きそうな顔になって、

「〈いしゃ・は・くち〉に出入りしてる俺のことを、前から岩田屋《いわたや》は知ってる。今更どうこうしたって無駄だよ」

抗議した。

「けれど、わたしと一緒に居るところを襲われでもしたらどうするんです？　岩田屋は言うことをきかないわたしを、力ずくで何とかしようとするかもしれないんですよ。言うことをきかなければ殺すと脅して――」

「そん時は俺、命に代えても桂さんを守るぜ。なーに、岩田屋なんて爺《じじい》だ、手下だってそこらの与太者《よたもの》だろう？　大丈夫、軽くやっつけられるさ。こう見えても、俺は喧《けん》嘩《か》で負けたことなんてねえ」

「鋼さん、岩田屋は自分が手を下したりはしませんよ。岩田屋が大泥棒の残党を雇ったことを忘れたのですか？」

桂助は眉《まゆ》を寄せた。

「次はどんな手に出てくるかわかりません」

「するってえと、また、岩田屋はあいつらみてえなのを雇うっていうのかい？」

鋼次はやや青ざめた。

「あの連中は怖かったたな。目の前で刃物を使われると背筋がぞくぞくしたぜ」

「その手の手合いに襲われるかもしれないんです」

「いいよ、それでも。桂さんを庇《かば》って死ねるんなら。俺は桂さんのためなら命なんて惜しきゃねえんだ」

鋼次は青い顔で大見得《おおみえ》を切った。

「でも、それでは鋼さん、死に損というものです。鋼さんに死なれてしまったら、残されたわたしは相手の言いなりになるほかなくなりますから。命を張っても、庇ってくれたことにはなりません」

桂助の言い分は筋が通っていた。

「そういわれりゃ、たしかにそうだが」

「ですから、鋼さんはわたしと一緒に動いてはだめなんです」

「とすると、俺はどうすりゃ、桂さんのためになれるんだ。ったく、このとんちきな頭が――」

鋼次は固めた拳《こぶし》でぽかぽかと自分の頭を殴った。考えが浮かばなかったり、自分を恥じている時の癖であった。

「わたしがどこかに連れ去られた時、岸田《きしだ》様に報《しら》せるとか、鋼さんに動いてもらいたいのです」

「わかった」

鋼次は目を輝かして両手を打った。

「俺の役目は桂さんを助け出すことなんだな」

当日、桂助は抜歯道具や塗布《とふ》麻酔に使う、烏頭《うず》、細辛などの生薬《しょうやく》が入った薬籠を背負って、日本橋小伝馬上町にあるさくら湯へと向かった。薬籠はずっしりと重く、

――いつも鋼さんに苦労をかけていたのだな――

鋼次のありがたさが身に沁《し》みた。

途中、和泉《いずみ》橋を渡りかけたところで雪が降ってきた。あいにく傘は持って出ていなかったので、

――あと一息だ――

歩調を早めようとした時、向こうから遊び人風の若い男たちが歩いてきた。どてらに三尺帯をだらしなく締めた背の高い一人が走り出し、どしんと桂助にぶつかって倒れた。

「おい」

橋の上に倒れた男は大の字になったまま、桂助に向けて怒声を上げた。

「何だ、何だよ」

藍《あい》色の半纏《はんてん》を羽織った一人が近づいてきた。

「もたもたしやがって」

豆絞《まめしぼ》りの手拭《てぬぐ》いで頬冠《ほっかぶ》りしたもう一人が、桂助を睨み据えた。

「兄貴、怪我はねえですか」

藍色の半纏が倒れている男を抱き起こした。

「足をやられた、足が痛《いて》え」

どてらの男は呻《うめ》いた。

「この始末、どうつけてくれようってぇのかい」

豆絞りがすごんだ。三白眼《さんぱくがん》のこの男の人相が一番よくない。

「わたしは口中医ですが、口中以外も診ることができます。足を診せてください」

桂助は倒れている男のそばに屈《かが》み込んだ。

「余計なことはすんな」

藍色の半纏が止めにかかったが、桂助は無視して、どてらの裾《すそ》を引き上げ、男の足の触診をはじめた。

「痛かったら痛いと言ってください。ここはいかがです?」

「痛え」

男は怒鳴った。

「ではここは」

「痛えに決まっている」

「ではここでは」

「痛え、痛え、どこも痛くてたまらん」

「おかしいですね。わたしはずっとあなたの脛《すね》を撫《な》でているだけなのですよ」

桂助はどてらの男の顔をじっと見た。

「藪《やぶ》医者め、撫でられただけでも痛むんだよ」

怒り骨頂《こっちょう》の豆絞りが口から泡を飛ばした。

「だいたいてめえ、さっき、口中医と言ったじゃねえか。口中医に怪我はわかんねえはずさ。そうとわかったら、早くきっちり、落とし前をつけてもらいてえ」

わざと声を低めた豆絞りの声音《こわね》には、ずしんとくる凄《すご》みがあった。

「落とし前というと――」

立ち上がった桂助は臆《おく》してはいなかったが、さくら湯での治療開始に遅れることを気にしていた。

「わかってると思うが、詫《わ》びてすむことじゃあねえぜ」

「といっても――」

金子《きんす》をあまり持ち歩かないのは、藤屋の若旦那だった頃からの習いであった。

「今はこれしか――」

桂助は財布を出して豆絞りに渡した。

中身を数え上げた豆絞りは、

「ふん、これっぽっち、話にもなんねえ」

鼻で笑って、懐に入れると、

「あんたの荷物をそっくり渡してもらおうか」

薬籠に目をやった。

「今から口中治療に行かなければなりません。これだけは困ります」

桂助はきっぱりと言い切った。

「嫌なら嫌でいいさ。こちとら、欲しいものを勝手にいただくだけのこと。痛い目をみないうちに、大人《おとな》しく差し出した方が身のためだぞ」

「困ります。医者にとって薬籠は大事なものです。断じて渡すことはできません」

桂助は首を横に振り続けた。

「なら、仕方ねえ」

豆絞りが目配せすると、藍色の半纏が桂助の背中に回ると同時に、大の字になっていたどてらの男が、桂助に組みついて両足に手をかけた。

──これでは動けない──

二人は桂助を前後から押さえつけ、薬籠ごと抱え上げて、拉致《らち》するつもりなのである。

──目的は薬籠ではなかった──

その時である。

「それまで」

桂助は目の前にすらりと抜かれた白刃《はくじん》を見た。

一人の侍《さむらい》が太刀《たち》を抜いて立っていた。侍と言ってもまだ若侍である。月代《さかやき》は青々としていて、白皙《はくせき》の顔の肌には紅味が走っていた。強い目力の持ち主である。そのせいで、目からもぎらぎらと白刃の光がこぼれているように見えた。

「それまでと言っている」

若侍は太刀の先をぐるりと回した。

「きかねば斬《き》るぞ」

若侍の気迫に押された豆絞りたちは真《ま》っ青《さお》になった。

「駄目だ、逃げよう」

どてらの男が真っ先に逃げ出して、残りの二人はあわてふためきながら後を追った。

「危ないところをお助けいただきありがとうございました」

若侍に助け起こされた桂助は礼を言った。

「礼になどおよばぬ。あのような者たちが天下の大道でよからぬことをしているのを見て、たまらなくむしゃくしゃしただけだ」

若侍は照れくさそうに言うと、

「それでは」

と言って歩き始めた。

――やれやれ、あのお侍のおかげで事なきを得た。今日は運がよかった――

桂助はさくら湯へと向かった。

若侍は桂助のずっと先を歩いている。さくら湯のある四つ角を曲がっても、なお、若侍の姿が見えている。

――まさか、あの方の行き先もさくら湯なのでは――

もうさくら湯は目と鼻の先である。

すると、若侍が足を止めて振り返った。

「もしかして、あんた、さくら湯が雇った口中医の先生?」

「そうです」

桂助は微笑して、

「すると、あなたはさくら湯のお客ですね」

訊《き》き返した。

うなずいた若侍は、

「湯が好きってわけじゃないが、湯屋はいろいろ出会いがあって楽しい」

若者らしく羞《は》じらった様子になった。

三

名前を告げていないことに気がついた桂助は、

「お助けいただいた時に申し上げるべきでしたが、わたしは藤屋《ふじや》桂助と申します。湯島聖堂近くのさくら坂で〈いしゃ・は・くち〉を開業しております」

と名乗った。

「それがしは橋川慶次郎《はしかわけいじろう》と申す。その名の通り、次男坊の部屋住みだ。旗本とて部屋住みの身はとかく面白《おもしろ》くない。それでこうして外へ出ている。それはそうと、あんたが口中医ねえ――」

橋川慶次郎はまじまじと桂助の顔を見た。

「口中医なんて聞くとどうにも胡散《うさん》臭くてね」

慶次郎の目は与太者たちに向けていた強い目とは違っていたが、桂助を助け起こした時の優しい目でもなければ、湯屋は楽しいと言った時の無邪気さとも無縁であった。疑いの目である。

――こんなにもはっきりと、自分の心を目に映し出さずにはいられない御仁《ごじん》をはじめて見た――

桂助は、相手が自分を訝《いぶか》しんでいることを忘れて感心した。

さくら湯の戸口が開いた。

年の頃は四十の半ばと思われる小さな男が出てきて、腰を屈めながら桂助たちに手を振った。

「あれが主の銭吉《せんきち》だ。顔は蛙《かえる》のようにも、ぎょろぎょろよく光る目は銭に空いた穴のようにも見える」

たしかに痩《や》せて小柄な主は、目ばかり大きくて蛙に似ていないこともなかった。その目を〝銭に空いた穴〟に例《たと》えたのは、銭吉という名前を捩《もじ》ったのではなく、商魂の逞《たくま》しさを言い当てているものと思われる。

――目ばかりでなく、口の方もすぎるほど正直なお方だ――

「橋川様、よくいらっしゃいました」

銭吉は慶次郎の顔を拝むようにして、丁寧《ていねい》に頭を下げた後、

「先生もよくおいでになってくださいました」

これまた、深々と頭を垂れた。

「湯屋で儲《もう》けた上、茶や菓子で儲け、その上、口中治療で一儲けしようとは、さすがだな、銭吉」

慶次郎は笑いながら言った。

「よしてくださいよ、一儲けなんて、人聞きの悪い」

銭吉は嫌な顔をした。

「それにおいでくださった先生に失礼です」

「これは悪いことを言ったようだ」

慶次郎の目は桂助に注がれた。

「俺は口中医なんて信じちゃいないんだよ」

慶次郎は砕けた口調になった。

「口中医だけじゃない、そもそも医者が病いを治すなんて思っちゃいない」

「理由《わけ》を知りたいものですね」

桂助は微笑みながら訊いた。

「藪ばかりだからよ」

「手厳しいですね」

それでも慶次郎を見る桂助のまなざしは優しい。

「俺の父親はそこそこの旗本だから、医者や口中医を雇っていて、連中は足しげく通ってくる。だが連中が上手いのはおべっかばかりだ。腕がいいと思えた輩《やから》にお目にかかったことがないのさ。正直、あんたもその一人なんじゃないかと思ってる」

慶次郎はまた、じろりと桂助を睨んだ。

「そうかもわかりませんよ」

桂助は平然と言った。

「あんた、藪だと言われて怒らないのか?」

慶次郎は驚いた目になった。

「橋川様、この藤屋桂助先生はね、腕が悪くて歯抜きのたびに患者を泣かせている、そこらの口中医とは違うんですよ。痛くない歯抜きで知られている、江戸一の口中医なんですから。わたしもね、この先生のお友達に来ていただけるようお願いはしたもののの、まさか、本当に来ていただけるなんて、思ってもみなかったぐらい、凄い先生なんです」

「ふーん」

慶次郎はまだ疑わしげである。

「歯抜きは何度もやったが、あれは怖いし痛いし、お化けやお灸《きゅう》の方がよほどましだ。痛くない歯抜きなんて、あるとは思えない」

「ところがあるんですよ、ねえ、先生。先生の歯抜きは蚊《か》に刺されたほども痛くないんですよね？」

銭吉に相づちを求められ、桂助は、

「蚊に刺されたほども痛くないというのは大袈裟《おおげさ》ですが、痛みはかなり感じずにすむはずです」

と応《こた》えた。

「真実《まこと》だとしたら、たいしたものだ。真実か、どうか、先生が歯抜きをするところを見せてもらおう。今日は面白いものを見ることができそうだ」

はしゃぎかけた慶次郎に、

「ご覧になるのはかまいませんが、歯抜きを面白いもののように言うのは、金輪際《こんりんざい》よしていただきたいです」

桂助は釘を刺した。

二人は銭吉に案内されてさくら湯の二階へと続く階段を上った。

太刀を銭吉に預けて上がった慶次郎は早速、

「まずは風呂だな」

小袖や袴《はかま》を脱《ぬ》ぎ捨てると、湯殿のある下へと下りて行った。

銭吉は慶次郎の背を見送りながら、

「烏《からす》の行水《ぎょうずい》の橋川様がここへおいでの理由は、湯が好きだからじゃないんですよ」

やれやれといった顔になった。

「ご本人もそのようなことをおっしゃってました」

「自分から女好きだと、誰かれかまわずに言うんですからね、あの人ときたら。とはいえ、いい女はいないものかと、いつも、女湯の前で張っているのは困りものですよ。橋川様を出歯《でば》亀《かめ》だ、覗《のぞ》かれたなんて言いだす年増女《としまおんな》も出てきて――」

「橋川様に覗かれたという女の人は、ここへ来るのを嫌うのでしょうか」

「それがそうでもないんですよ。今回みたいにあまりおいでにならないと、〝あの人、近頃、顔を見せないわね〟なんて、恋しそうで。いやはや女心というものはわかりませんな」

「それなら罪はないです。橋川様はお若い。それでとかく女人《にょにん》が気になるのでしょう」

「そういう先生だって、橋川様ほどではないがまだ充分お若い。三十路《みそじ》前でしょう？　女が気になってもいいはずですよ」

「わたしはもう――」

桂助は苦笑した。

――そうか、わたしもまだ年寄りではなかった。けれども、今のわたしに気になるのは女人ではなく、患者への癒《いや》しと、周りの人たちの無事だけだ。その点、橋川様はわたしと違って、己《おのれ》の若さを持て余しているかのように見える。闊達《かったつ》で無邪気な橋川様が羨《うらや》ましい――

自身の心の有り様を覗いていた。

それと知らない銭吉は、桂助に、

「どうです？　まだ、客が二階でくつろぐには時があることだし、せっかく湯屋においでになったのだから、先生も一風呂お浴びになすっては？　湯屋ならではの素肌美女もなかなかのものですよ」

暗に橋川に便乗して、女湯の出入り口を見張ってはどうかと勧めてくれた。

「お勧めはありがたいが、わたしはここへ治療に呼ばれたのですから」

桂助は礼を言って、薬籠を畳の上に下ろすと、抜歯道具や煎《せん》じ薬、乳鉢《にゅうばち》や乳棒《にゅうぼう》を並べ始めた。

最初の患者は金五《きんご》と同じで、化膿《かのう》した虫歯が片頬を腫《は》らしていた。酒が飲めず、通い詰めている茶屋女の気を引くため、もう何ヶ月も茶屋で甘いものを食べ続けているという、馬喰《ばくろう》町にある米屋の若旦那であった。

「痛いの痛くないのって、三日三晩眠れない。それでも、目当ての茶屋には通って、高い菓子を食べて、すると、ますます沁みて痛くなって、でも、我慢してました。地獄のような思いをした後、そこそこ痛みが引いたと思って、ひょいと鏡を見たら、顔が腫れてて――。こんな顔、惚《ほ》れてる女に見せられやしません。先生、早いとこ抜いて、顔を元に戻してください」

若旦那は懇願した。

「今日は抜けません」

桂助は金五にしたのと同じ説明をして、膿《うみ》を出した後、薬を処方した。

「ほう」

桂助の脇には、風呂上がりの慶次郎が興味津々《しんしん》といった表情で見守っている。

次に歯抜きを希望したのは、大伝馬町の炭問屋のご隠居であった。口を開かせて中を診ようとすると、たまらない臭気である。

「痛んでいるのは歯ではなく歯茎です。病いはむしばではなく歯草《はくさ》ですよ。歯と歯茎の間の膿を抜いてあげますから、後はまた膿んだりしないよう、口の中を清潔に保ってください」

そう桂助が諭すと、

「ふーん」

慶次郎は鼻を鳴らして、

「いったい、いつになったら歯抜きが見られるのかい」

文句を言った。

桂助はそれには答えず、

「すみません、橋川様、下へ行って番台の房楊枝を取ってきてください。房楊枝の効果的な使い方を説明しようと思いますので」

慶次郎に頼んだ。

「房楊枝の使い方なんぞ、たいして面白くもない」

と腰を上げかけた慶次郎が呟《つぶや》いた時、桂助の目の前にひょいと房楊枝が差し出された。

「番台へ行くには及ばないよ、どうせ、たいして面白くもねえ房楊枝だもんな」

負けずに鋼次も慶次郎に鼻を鳴らした。鋼次は、息を切らしながら、和泉橋から千代田稲荷まで走ってきて、さくら湯に辿《たど》り着くと、二階へと駆け上って来たのであった。

四

「鋼さん、どうしてここへ？」

驚いた桂助に、

「峰山《みねやま》神社に房楊枝を届けに行った帰り、和泉橋の近くを通ったたっていう、知り合いにばったり出くわしたんだよ。橋の上で薬籠を背負った医者が、与太者に絡《から》まれているのを見たって言うんだ。和泉橋を渡るのがさくら湯のある小伝馬上町へ行き着く近道だ。桂さんにちげえねえと俺はピンと来て、駆けつけてみたら、医者は何とか切り抜けて橋を渡り切ったと、橋の下で見ていた船頭が話してくれた。とはいえ、俺は心配で心配でなんねえ、気がついてみたら、さくら湯めがけて走ってたんだよ」

鋼次はいきさつを話した。

「桂さん、よくねえ奴らに掠《さら》われようとしたんじゃねえのかい？」

その通りだったが、

――鋼さんに迷惑がかかる――

「向こうから当たってきて転んでおいて、言いがかりをつけてきただけですよ」

桂助は事実を話さなかった。すると、あの場面を見ていた慶次郎は、

「へえ、そうだったんだ」

首をかしげかけた。

桂助はあわてて不審そうな慶次郎の目に、

――ここは黙っていてください――

と訴えた。

――事情は知らんがわかった――

慶次郎は目でうなずいて、

「薬籠が金目と見なされ、それ目当てに絡まれていた様子だった」

と言い繕《つくろ》った。

「あんた馬鹿にくわしいじゃねえか」

今度は鋼次が訝しげに慶次郎を見た。

――どうして、こんな奴が桂さんに親しそうな口をきくのか――

「鋼さん、橋川様はわたしが薬籠を奪われようとした時、助けてくださったんですよ」

「そうだったのか」

鋼次は一応得心《とくしん》はしたものの、

——それで若僧のくせに偉そうな顔してるんだな——

慶次郎の印象の悪さは消えなかった。

三人目の患者でやっと歯抜きが行われることになった。年増の深川芸者が、

「歯抜きの上手い先生が来るって噂《うわさ》に聞いたから、少し遠いけどここに来てみたんですよ。男の褌《ふんどし》姿は好きだけど。やはりねえ。今時分なら男たちは稼いでいるし、子供らが来るには間があるからね。男湯の二階は男のものと決まってるけど、女だってかまいやしませんよね。あたしのむしば、前は食べたものが沁みるぐらいだったんだけど、このところ、話をしていても、しくしく痛むんですよ」

憂鬱《ゆううつ》そうに言った。名は花奴《はなやっこ》と言い、しっとりと艶《つや》っぽい美形である。

「いい時にいらした。むしばはもう少しで根に届きそうです。このまま放っておくと、すぐにも化膿するところでした。今のうちに歯抜きをしましょう」

桂助は、乳鉢で烏頭と細辛を混ぜはじめた。

「いよいよ、歯抜きだな」

身を乗り出した慶次郎は、

「それだな、痛くない歯抜きの奥義は」

ぴたりと言い当てた。鋼次は、

――この野郎、勘が冴《さ》えていやがる――

忌々《いまいま》しく思った。

「生薬で痺《しび》れさせて痛みを和らげると見た。だがその生薬、毒にもなるはずだ。違うか？」

慶次郎の目に強い力がこもった。

――勘だけじゃなく、頭もいいのか――

鋼次は慶次郎を睨み据えている。

「その通りです。細辛の方は危なくありませんが、烏頭ともなれば、使い方次第で人の命を奪いかねません」

桂助は慶次郎に答えた。

「そなた、使い方を間違ったことは？」

慶次郎のその言葉に、花奴はぴくりと眉を震わせた。

「ございません」

桂助はきっぱりと言い切り、花奴はほっと安堵《あんど》のため息をついた。

「真実か」

慶次郎は念を押した。

「おいおい」

鋼次は我慢できなくなった。

「あんた、お侍だからってどこまで偉いんだい？　桂さんは痛くねえ歯抜きで評判の口中医なんだぞ」

「その話なら、さっきここの銭吉から聞いた。俺が知りたいのは、この先生がその痛くない歯抜きで、人を殺めたことがあるか、どうかってことだよ」

聞いていた花奴はひぇーっと悲鳴を上げて、

「あたしゃ、殺されるなら、歯が痛い方がましだよ」

腰を浮かせた。

「うむ、案外、それが賢いかもしれんな」

慶次郎は花奴に流し目をくれた。

――こいつ、年増好みなのか――

鋼次は呆《あき》れた。

「塗布麻酔で人を殺めたことなど、誓ってありません。どうか、信じてください」

桂助は慶次郎にではなく、花奴に向かって言った。

「それにあなたの歯は今ここで抜いてしまわないと、今夜にでも熱を持ちます。そうなると、枕から頭を上げられなくなります」

「芸者がお座敷を務められなくなっちまっちゃ、おまんまの食い上げだよ」

「おまんまなら俺が何とかしてやろう」

慶次郎は赤い顔になった。

「ご免だよ」

花奴はぴしりと言った。

「あんたみたいなひよっ子のお情けなんて受けたら、あたしの名が廃《すた》る。深川芸者の面汚《つらよご》しさ。死にたくなるほど恥ずかしい。わかりましたよ、先生、覚悟を決めました。放っておいて、死ぬほどの思いをするんなら、ここで殺されちまってもかまわないような気がしてきました」

「死ぬことなどあり得ませんよ」

桂助は語気強く主張したが、思い詰めている花奴は聞こえていない様子で、

「いいんです、いいんです、あたしは死んでも。さあ、早くやってください」

あんぐりと口を開いた。目に涙を溜めている。

「花奴、しっかりしろ」

慶次郎は花奴の手を握って励まそうとしたが、花奴は邪険《じゃけん》にその手を振り払った。

――もてない女好きとはこいつのことを言うんだな――

鋼次は慶次郎が少し、気の毒になった。

一方、桂助は塗布麻酔を施して痺れるのを待って、抜く歯に押し当てる槽柄《そうえ》を握った。人の歯は大きさが一様ではなく、その大きさに合わせて、何種類かの槽柄が用意されている。桂助は花奴の奥歯の虫歯に、臼歯《きゅうし》用の槽柄を押し当てて固定すると、右手に持った木槌《きづち》を振り上げてぽんと叩いた。次の瞬間、

「これで終わりです」

桂助は親指と人差し指で花奴の虫歯を引き抜いていた。

「ええっ、もう?」

花奴は狐につままれたような顔をした。

「あたし、ちょいと顎《あご》を殴《なぐ》られたんじゃないんですか?」

花奴は舌先で奥歯を探って、

「あ、でも、あたしのむしばがない」

虫歯を抜いた後、空になっている穴から、沁みだしている血の匂いに顔をしかめた。

「あなたを苦しめていたむしばなら、ここにあります」

桂助は皿に入れた虫歯を摘《つ》まんで見せた。

「ほんとだ」

花奴ははーっと大きな息をついた。

「あたし、生きてるんですね」

「当たり前《めえ》だよ」

鋼次はぶすっとした顔で言った。

「だから、桂さんは名人だって言ったろ」

鋼次は桂助が歯抜きをしている間、ちらちらと慶次郎を見ていたが、慶次郎のきらきらよく光る目は、一心に桂助の歯抜きに吸い寄せられていた。鋼次が自分の方を見ていたのにも気がつかなかった。

「先生、シーボルトの歯抜き道具は知らないのかい？」

慶次郎は桂助に訊いた。

桂助は薬籠を探った。

「西洋の歯抜き道具のことですね。西洋にはねじ回しというものがあって、それを見て思いついて作られたもののようです」

「あるんなら、どうしてそれを使わなかった？」

「歯抜きというのは、草抜きと似ています。草の根が一様ではないように、人の歯の根の形も異なりますが、おおよそは上に出ている歯の形で見当がつくんです。シーボルト先生の道具を使って、抜き取るのがふさわしい歯の根もあれば、口中医が古来から伝えてきた槽柄と木槌で、歯の根を脱臼させる方がたやすいこともあるのです。わたしは患者さんが感じる不安や痛みを減らしたいので、少しでも早く痛まずに抜くことのできるよう、人によって抜き方を変えています」

淡々と桂助が説明していると、

「桂さんは道具を使わず、ひょいと指で摘まんで歯抜きすることだってできるんだよ。歯抜きの神様とは桂さんのことさ」

鋼次が自分のことのように自慢した。

「真実か？」

目を輝かす慶次郎に、

「鋼さん、迂闊《うかつ》なことは言わないでください」

桂助はまず鋼次をたしなめ、

「手で摘まみ取ることができるのは、根が一本の前歯か、たとえ奥歯でも、三本の根が短くてまっすぐ伸びている、稀《まれ》なものに限るのです」

首を横に振った。

――ったく、桂さんときたら相変わらず謙遜《けんそん》なんだから――。そんな調子だから、謙遜とは縁もゆかりもねえ若僧が、やたら、どでかい口をきくんだよ――

鋼次は歯痒《はがゆ》かった。

五

「ありがとうございました。晴ればれした気分ですよ。死ぬと覚悟していたのに、こうして生きている。芸者が生きているんなら身綺麗《みぎれい》にしていないと。一風呂浴びてさっぱりして帰ろうかしら？」

歯抜きが終わった花奴は立ち上がった。

「今日のところは湯と酒は止めてください。痛みはなくても血は出ていますから」

桂助が諫《いさ》めると、

「あら、残念」

花奴がけろりとして帰って行くのを、名残惜《なごり》しそうに見送った慶次郎は、

「それがし、実はそなたが持っているシーボルトの持参した歯抜道具を模して作ったもので、無理やり歯抜きをされたことがある」

桂助に向かって口を開けて見せた。

「なるほど、それでシーボルト先生の抜歯道具のことをご存じだったのですか」

そう言って、覗きこんだ桂助が、

「無くしたのは上と下の奥歯四本、智歯《ちし》つまり親知らずですね」

確かめると、慶次郎は口を閉じてうなずいた。

「四年前のことだった。それがしは親知らずが生えるのが早くてね、親知らずが生える時は、歯茎が痛いという話をよく聞くが、気がつかないうちに生えてしまっていた。すると、それを知った出入りの口中医が、おやじの機嫌を伺《うかが》うためか、早く親知らずが生えるのは縁起が悪い、こういう子を持つと親がすぐ死ぬなんて言いだして、おやじは即刻、口中医にそれがしの歯抜きを命じた」

「むしばにもなっていないのに？」

「待ったなしだった」

桂助は、

――奇遇だ。わたしも鬼っ子歯を持って生まれてきて、実の父である先の将軍も同様だったことから、それが将軍家の血筋の証《あかし》になっている。鬼っ子歯と早く生えてきた親知らず、ともに常の人と異なる、特別な歯の持ち主であることに変わりがない――

ふと慶次郎に親しみを感じた。

「そこで口中医は、お父上の手前もあって、とっておきのシーボルト先生の抜歯道具に倣《なら》った歯抜鉗子《かんし》や歯鍵《しけん》を使ったのですね」

「地獄の日々が四本分、四日続いた」

鎖国を継続している幕府が、蘭学に象徴される阿蘭陀《オランダ》伝来の知識、情報を疎《うと》み、規制しているのは表面だけのことであった。特に医術の分野では、漢方では対応できない外科を手がける蘭方医《らんぽうい》は重宝されていて、口中科でも蘭方がもたらす新しい道具、器具などが注目されていた。出島で友好的に施療を続けた、シーボルトの抜歯道具もその一つである。

「〝これは、シーボルト先生の抜歯道具を模して作ったもので、江戸市中にまだ幾つもない、大変優れたものです。これを使えば、どんな歯でもあっという間に抜くことができます〟なんていう、もっともらしい口上を聞かされた後で、口を開かされたんだが、これが痛くて痛くて、気を失う時、とうとう死ぬんだ、死ぬのならそれでもいい、これでやっと痛みとおさらばできると思ったほどだった」

思い出した慶次郎は眉をしかめ、顔を歪《ゆが》めた。

「塗布麻酔は無しですか？」

「もちろん。出入りの口中医の言い分は、いかなる薬も用いず歯抜きをせよとの家訓《かくん》があるということだった。その口中医はこうも言っていた。〝口中医は滅多に世襲なしと世に言われているにもかかわらず、わたしのところがこうして、足利将軍の昔から代々続けてこられたのは、治療に麻酔を使わなかったからです〟と」

「その話なら、耳にしたことがあります。戦乱の世、身分ある人たちは、いつでも敵に寝首を掻かれまいと用心していて、歯が痛くなって、口中医を呼びつけても、刺客に雇われているのではないかと疑い、なかなか治療に踏み切れなかったそうです。治療が終わるまでの間、口中医の家族が人質にされるようなこともあったらしいです。当然、患者の痛がる様子を見かねて使った麻酔を、妖術のように見なされて首を刎《は》ねられ、お家が断絶になることもあったでしょうね」

「つまり、お家大事のために麻酔を使わず、代々生き残ってきた口中医たちは藪だというこことになる。身分のある人たちや金持ちを診る口中医たちは、路上で歯抜きをしている、香具師を見下しているが、腕前はそう変わったものではない」

慶次郎は断じた。

「そりゃあ、そうだ」

聞いていた鋼次は道具箱のシーボルトの抜歯道具と、慶次郎のしかめた顔を交互に見て、

「まあ、あんたも大変だったね」

多少、同情のこもった物言いをした。

「あんたは好かないが、こんな大仰《おおぎょう》な道具を口の中にねじ込まれて、むしばでもねえ歯を四本も抜かれたのは気の毒だと思うよ」

鋼次の言葉に慶次郎はうれしそうに笑って、

「だから、それがしは口中医を信用できずにいた」

桂助の顔を見つめた。強い目線の中に漲《みなぎ》っている熱いものがあった。

「だが、そなたの治療を見ていて考えが変わった。早くて痛くない歯抜きがあったとは驚きだった。世の中には信頼できる口中医もおるんだ」

――唐変木《とうへんぼく》め、やっと、桂さんの偉さがわかったか――

鋼次は鼻をひくつかせた。

こうしてさくら湯での桂助の治療が始まった。十日に一度、桂助はさくら湯へ通って行く。

「俺は桂さんが何と言おうとついていくぜ」

途中、薬籠は鋼次が背負った。

桂助が訪れる日、さくら湯の二階は人で溢《あふ》れた。歯抜きをして貰《もら》いたい人たちで押すな押すなであった。

「どうやらあの花奴がふれ歩いているようですよ。知らぬ間に痛む歯が抜けている、がんと一発、顎を殴られたような気もするが、後で顎が痛むようなこともないってね」

銭吉はうれしい悲鳴を上げた。

桂助がそんなさくら湯を訪れた三回目、一月《ひとつき》ほど経《た》った日のことであった。

あれ以来、会うことのなかった顔が二階へ階段を上ってきた。

橋川慶次郎である。

——野郎、また来たか——

鋼次は胡散臭そうに見た。治療に集中している桂助は気がつかない。

——今度は何の因縁《いんねん》をつけようってのか——

鋼次は慶次郎のそばに寄ると、

「何か用かい？」

ろくに挨拶もせずにぶっきら棒に訊ねた。

「ちょいとね」

上機嫌だが慶次郎の目に以前のような鋭い光は無かった。無気力なのではなく、何やらふわふわと呆《ほう》けているように見える。

——これは女だな、間違いねえ——

想う相手ができて、相手も自分のことを想っているようだと知りつつも、今一歩踏み出せねえ時の顔だと、経験のある鋼次は、すぐにピンと来た。

——そんな時は妙にうれしくて、もどかしいもんだ。そうか、俺も人にはこんな風に魂が抜けちまったように見えてたのか、恥ずかしくて穴があったら入りてえ——

「桂さんに用はねえんだな」

鋼次は念を押した。桂助に関わることでなければ、慶次郎が呆けて見えようが、どうなろうがたいして興味はなかった。

だが、

「用はある」

慶次郎はとろりと溶けてしまいそうな甘い顔で言った。

――さらし飴《あめ》みてぇな顔つきじゃねえか。俺もこんなだったとは、返す返すも情けねえや――

「相談に乗ってほしいことがある」

――めんどうなことになってきたな――

桂助は慶次郎に助けられた恩義がある。無下《むげ》にはできなかった。

「悪《わり》いが今はこの通りだ」

鋼次は治療を待っている人たちの列に向かって顎をしゃくった。

――諦《あきら》めてくれるといいんだが――

ところが、

「ならば待つ」

慶次郎は部屋の隅にどっかりと座ってあぐらをかいた。

桂助が治療を終えて、最後の患者が階段を下りて行った。すでに暮れ六ツ（午後六時頃）が近い。

鋼次から話を聞いた桂助は、

「お待たせしました」

疲れた様子も見せずに、慶次郎の前に座った。

「ご相談がおありとお聞きしました。わたくしに出来ることでしたら、何なりとおっしゃってください」

「実はある相手から頼まれ事をされている」

「どんな頼まれ事でございます？」

「それが何というか――」

慶次郎は言葉に詰まった。

「勝手に人の家に入るのだ」

「それはよくないことです」

桂助は困惑した。

「そうなんだ、その相手はそれがしに、泥棒まがいのことをしてくれと懇願しておるのだ」

慶次郎は頭を抱えた。

六

慶次郎は深川の花の家《や》に出入りしているのだと言った。

「花の家といやあ、ここへ来た花奴が居る置屋だぜ。あんた、まさか――」

鋼次は目を丸くした。

「どうしても、花奴のことが諦めきれなかった。来る日も来る日もあの、つんと澄ました高い鼻と切れ長の涼しい目が、頭に浮かんで離れなかったのだ。女はあのくらいの年増がいい」

慶次郎は臆面《おくめん》もなく自分の想いを口にした。

――花奴とこいつじゃ、十は年が違うはずだぜ――

鋼次は呆れたが、

――でも、ま、人を想う気持ちに年の差は関係はねえだろうから――

「気持ちはわからねえでもねえが」

慶次郎の思い詰めている様子がおかしかった。

――こんな偉ぶっている奴でも、こと女に関しては初心《うぶ》ってことだな――

「すると、あなたに泥棒の真似事をしてくれと頼んだのは、あの花奴さんですね」

桂助が念を押すと、

「そう、そう」

慶次郎は赤くなってうなずいた。

「それがしに自分への想いの深さを見せて欲しいと言われた」

「それで、花奴さんがあなたにそのような危ないことを頼む理由は、何なのですか？」

「花奴はこの春、箱崎町の海産物問屋四国屋の主に身請けされることになっている。お内儀《かみ》が亡くなって三年になる四国屋では、花奴を妾宅《しょうたく》などに住まわせるのではなく、後添えとして迎えることになっているとか――。花奴にとっては、とにかくめでたいことだ」

「そりゃあ、花奴も玉の輿《こし》だ」

鋼次は相づちを打った。芸者やお女郎では、たとえお大尽に身請けされたとしても、妻の座を得ることは多くない。

「だが、花奴は脅されている」

慶次郎は憤懣《ふんまん》やるかたないという顔になった。

「誰にどのように脅されているんです？」

桂助は訊ねた。

「ある日、脅しの文《ふみ》が届いたのだ。見せてもらうと、それには、〝おまえが以前、ある男に書いた恋文を持っている、ことと次第によってはこれを四国屋に届ける〟と書かれていた」

「ある男とは？」

「四国屋の手代で亮吉《りょうきち》」

「そりゃあ、ちっとまずいな」

鋼次が口を挟んだ。

「その亮吉はまだ四国屋にいるのかい？」

「番頭になって、花奴の身請けや主との婚礼を取り仕切っていると聞いた」

「だとしたら、主の耳に、恋文の相手が誰だかわかるのは命取りになる。よりによって、女房にしようってえ女が、奉公人に恋文を書いてたなんて、しゃれにもなんねえから。主としても、男としても、これは腹わたの煮えくり返る話だぜ。下手《へた》をしたら、亮吉は暇を出された上、身請けも婚礼も無しってことになるぜ」

「それを花奴も案じているのだ」

慶次郎は重いため息をついた。

「ところで、花奴さんと亮吉さんの仲はその後、どうなったのですか？」

　桂助は慶次郎に確かめた。

「亮吉は主の勧める縁談を受けて、すでに所帯を持っているそうだ。花奴の方は三十路を過ぎている。四国屋が年寄りであろうと何だろうと、もう自分は若くないのだから、この機を逃したくないと必死だ。想う男はほかにいないこともないそうだが——」

　そう言って慶次郎は顔を赤らめた。

　その様を見て鋼次は、

——こいつはいいや。花奴が本当に想ってる男は自分だと自惚《うぬぼ》れていやがる——

　ははんと思った。

「ところで、脅しの文のことを、亮吉さんはご存じなんでしょうか？　まだだとしたら、あなたによりも先に、亮吉さんに話した方がいいです」

　桂助は忙《せわ》しげに言った。

「それはまた何でだ？」

　慶次郎はむっとした口調になって、

「花奴はもう、亮吉のことなど、綺麗さっぱり、何とも想っていないのだぞ」

　鼻白《はなじろ》んだ。

「花奴さんが亮吉さんに宛てた文を、脅迫した相手が押さえているのだとしたら、その文、亮吉さんのところから盗んだことになりませんか。となると、相手は亮吉さんの近くに居ることになります」

「脅迫している相手ならわかっている」

「いったい誰なんだい？」

鋼次は急《せ》かした。

「蔵前に香月寺《こうげつじ》という小さな寺がある。花奴が亮吉に当てて恋文を書いていた頃は、まだ、四国屋のお内儀も元気で、亮吉を付き添わせて、信心深くこの香月寺に通っていたという。亮吉は花奴の恋文をいつも袖の中にしまっていたんだそうだ。だが、ある時、お内儀と一緒に香月寺を出たところで、袖の中を探ったところ恋文がない。後で香月寺を訪ねて、庵主《あんじゅ》の妙真尼《みょうしんに》に訊《こ》いてみたところ、〝勝手ながら文を読ませていただきました、客に媚びを売る芸者が寄せる情など、いつ移ろってしまうか、知れたものではありません、惑わされずに忘れておしまいなさい。文はわたくしが、寺宝の有り難い仏像と一緒に箱に入れ、大切に預かっておきますから、ご安心なさい〟と目の前で表に〝尊〟と書かれた小さな木箱に、折りたたんだ文を入れ、恋文は返してもらえなかったそうだ」

「するってえと、尼さんが脅しの主《ぬし》ってえことかい？　信じられねえような話だな」

鋼次は驚いた。

「ほかに恋文のことを知っている人はいないのですね」

桂助は念を押した。

「くどい」

慶次郎はこめかみに青筋を立てている。

「花奴さんがあなたに泥棒まがいのことをしてくれと頼んでいるのは、香月寺にこっそり忍び込んで、恋文を取り返してきてほしいということだったのでしょう」

そんな桂助の言葉に慶次郎はこくりとうなずいた。その様子が子どものようにあどけなくて、

――こいつは育ちがいいんだな――

鋼次は慶次郎を憎めなくなった。

それもあって、

「あんた、花奴に惚れてるんだろう？　惚れてる女にほかの男と添いたいから、力を貸せって言われて、よく、平気でいられるな。惚れた相手なら、普通、誰にも渡したくねえもんじゃねえのか」

問い質《ただ》さずにはいられなかった。

「とかく、下衆《げす》はそんな風にしか考えられない」

慶次郎は言い切った。

「俺が下衆だと」

鋼次は頭にかっと血がのぼりかけて、思わず拳を固めたが、

「鋼さん、人を好きになった時、どのような気持ちになるかは、人それぞれだと思いますよ。慶次郎さんには慶次郎さんのなさりようがあるんです」

桂助になだめられて、

「まあ、そうだろうが」

拳は振り上げずじまいになった。

「慶次郎さんは花奴さんの幸せを願っているのだと思います」

慶次郎はそうだと言わんばかりに、ごほんと一つ咳《せき》をした。

「それに何より、慶次郎さんはお武家様です。その上、若すぎます。いくら花奴さんを好きでも、奥方様に迎えると言いだしたら、ご両親は承知しないでしょうし――」

「その通り、武家の家は窮屈なものだ」

慶次郎はぽつりと言った。

「だから、添えない代わりと言っては何だが、せめて、花奴の願いを叶《かな》えてやりたいと思った」

「お心のほどよくわかります」

しんみりと言って、桂助は大きくうなずいた。

――こりゃあ、いけねえ。桂さんはこいつに感心してる。この先、思いやられるぜ
そこで鋼次は、

「てえした男気だが、それがどうしたい？」

慶次郎を睨んだ。

「まさか、俺たちに自分の男気を自慢したいだけのことで、くだくだ話をしてきたわけじゃあねえだろ？」

目的は何なのかと、慶次郎に詰め寄ったつもりだったが、

「慶次郎さんは、いくら好きな相手の望みとはいえ、泥棒まがいのことをするのが後ろめたいのだと思います」

応えたのは桂助だった。

またしても、慶次郎はあどけなくこくりとうなずいて、

「生まれ育った家の父から、武士の子は常に武士であるべきだと厳しく戒められていた。武士が身分の頂点に立っているのは、清く潔い生き方をするからだと、父は口癖のように言っていた。片や、いかなる事情があろうとも、泥棒は、人の風上にも置けぬ者どもであるとそれがしは思う。それゆえ、ここで父の言いつけに背いてよいものかと、迷い苦しんでいるのだ。花奴の願いを叶えてもやりたいし、身に沁みている父の教えも全《まっと》うしたい」

と続けた。

七

すると桂助は、

「それなら、わたしたちがお手伝いしましょうか」

さらりと言った。

――おいおい、桂さん、いったい、何を言いだすんだよ。俺たちまで泥棒になろうってえのかい――

鋼次は、はらはらした。

「まず、文を探し出し、それを妙真尼という方に見せて、これは亮吉さんが預けたものだが、本人が返してほしいと言っているので、今ここで持ち帰ることにすると断れば、盗みを働いたことにはならないはずです。文はもともと花奴さんが亮吉さんに宛てたもので、妙真尼さんの持ち物ではありませんし」

「なるほど、それはいい考えだ」

慶次郎は手で膝《ひざ》を打った。

——こいつにとっちゃ、いい考えかもしんねえが、こっそり文を探し出す為に忍びこむんだから、やっぱし、泥棒の真似事じゃねえかよ、そんなことして、いいのかねえ——

不安に感じている鋼次を尻目に、

「さて、それではぼちぼち出かけるとしましょう。香月寺は蔵前でしたね」

桂助は腰を上げた。

「桂さん、今日、これから行くっていうのかい？」

鋼次は目を丸くした。

——桂さんは言いだしたらきかねえからなあ——

「そうです。今日は新月で空は暗く、断らずに寺の中に入るには好都合《こうつごう》です。さあ、まいりましょう」

身支度を整えた桂助は、とんとんと軽やかな音を立てて階段を下りた。

――これから泥棒まがいのことをしでかすってえのに、どうして、桂さん、物見遊山《ものみゆさん》に出かけるみてえに、ああして、暢気《のんき》に構えてられるのか――

続いて階段を下りていく慶次郎の顔は緊張しきっている。目を伏せているのは、後ろめたい行いに手を染めるからであろう。

――俺だって普通じゃねえよ――

さくら湯の戸口を出た鋼次はぶるっと背中を震わせた。

――これだって、寒さのせいだけじゃねえ――

香月寺は草深い中にぽつんとあった。寺というよりも庵《いおり》である。風の強い日で、三人は、がさがさと鳴って黒い波のように見える枯れ草の間を、分け入って歩いて行った。

「灯《とも》りが点っていますね」

意外そうでもなく、桂助は言った。

香月寺の前に立つと、中は煌々《こうこう》と明るかった。

――写経でもやってんのかな。でも、人を脅して金を取ろうってえ、ふとどきな尼がそんな殊勝《しゅしょう》なことをするだろうか――

鋼次は不思議に思った。

「庫裡《くり》へ回ろう」

慶次郎が先に立って歩きはじめた。桂助と鋼次も続いていく。荒れ果てた庭を突っ切って行くのだが、ここまでもまた、風のひゅーっという音とともに、枯れ草ががさごそと鳴った。

「何だか嫌な気分だぜ」

鋼次は思わず呟き、

「冬だってえのに、幽霊にでも出会いそうなところだな」

さらに洩《も》らすと、

「案外、そんなところかもしれませんよ」

落ち着いた声で桂助が言った。

「や、やめてくれよ、桂さん」

幽霊の苦手な鋼次は悲鳴に似た声を上げて、

「し、静かに」

振り返った慶次郎に咎《とが》められた。

庫裡に灯りは点っていなかったが、手探りで灯りが点っている本堂、本堂から続いている座敷の方へと出た。

「こりゃあ、驚いた」

鋼次は腰を抜かしそうになった。

「いったい、どうして」

慶次郎も目を白黒させた。

本堂も座敷もこれ以上はないと思われるほど、散らかし放題散らかされていた。本堂では、仏具がばらばらに飛び散って、大きな木の仏像が横倒しになっている。座敷の簞笥《たんす》の引き出しは残らず開けられて、畳の上に中身がぶちまけられていた。

「先客が居たとは意外ですね」

桂助はそう言ったが、その癖、少しも意外そうではなかった。

「俺たちより前、誰かがここに泥棒に入ったってえことかい？」

「そういうことだが——」

慶次郎は首をかしげた。

「見たところ、ここは庵に近い貧乏寺だ。こんなところをねらって、泥棒を働いたところで、金目のものなどありはしないはずだ」

「そうでもねえよ」

鋼次は散らかっている畳の上のものをじっとながめた。

「小判やお宝とか、飛びつきたいほど高価なものがねえってだけだ。尼頭巾や被布《ひふ》の類は羽二重《はぶたえ》なんぞの高級品もあって、結構な代物ばかりだ。古着屋へ売れば喜ばれる」

鋼次は以前、罠《わな》だったとはいえ古着屋の娘に惚れて、手伝いをしたことがあった。

「そうではなくて、ねらいはわたしたちと同じもの、恋文の入った木箱だったのかもしれません」

桂助の言葉を、

「それがしたちのほかに、そんなことをしでかす輩がいるとは思えん」

慶次郎は即刻退けたが、

「わからねえよ、花奴にとっちゃ、恋文が戻ってくればいいだけのこと、こういっちゃなんだが、あんた一人に頼んだんじゃ、心もとなくて、人を雇ったのかもしれねえ。そうだとしたら、二股《ふたまた》かけたんだな、あの女」

鋼次は痛いところを突いた。

「そんなことあるはずがない。そうだとしたら、花奴はそれがしのことなど――」

慶次郎は気落ちした顔を隠したくてうつむいて、

「二股だとしたら、われらは今、ここに、何のためにおるのかわからんではないか」

と嘆いた。

「そうでもないかもしれません」

桂助は言ったが、もとより、慶次郎を慰める口調ではなかった。

「勘弁してくれよ、桂さん。俺の弱い頭じゃ、言ってることがわかんねえよ」

鋼次は自分の頭を殴るために、拳を握りしめたが、

「鋼さん、いつものように頭をぽかぽかやる前に、そこにある油皿を取ってください」

桂助に頼まれ、拳を開いて油皿を手にした。

「橋川様は本堂から灯りを運んできていただけませんか」

桂助の言葉使いは丁寧だったが、有無《うむ》を言わせぬ強さがあった。それで、訳も訊かず、

「わかった」

慶次郎は従った。

それから三人は庫裡へと戻った。油皿に点っている灯りのせいで、庫裡が見渡せている。

「これがいったい、何なのだ?」

慶次郎は訊いてきた。鋼次も同じ思いである。

「亮吉さんの文を探しています」

桂助は言った。

「文がこんなところにあるというのか」

慶次郎はまさかという顔で桂助を見た。

「荒らされていなかったのはここだけなので、たぶん、ここだと思います」

そう言って、桂助は庫裡の中を見回した。油皿を手にした鋼次が桂助の目線の先を照らしていく。いつしか慶次郎も別の油皿を掲げるように持って、桂助が探すのを助けていた。一通り、照らし終わると、

「わかったか」

慶次郎はまた、訊いた。

「はい」

桂助はきっぱりと答えた。

――桂さん、そんな大見得切っていいのかよ。桂さんが見てたの、鍋や水桶《みずおけ》ばかりだった。あんなとこに隠してあるわきゃあ、ねえだろうが――

鋼次は気が気ではなく、

――ここまで来て、探せなかったら、こいつ、きっと頭に来るぜ。それで、ばっさりなんてやられたらたまんねえ――

慶次郎の腰のものをちらちらと見た。

「箱はここにあるはずです」

桂助は水桶を指差した。

水桶は二桶あって、一方にはなみなみと水が汲まれていたが、もう一方には薪《まき》がぎっしりと詰め込まれている。

「それは水桶だぞ」

慶次郎は鼻を鳴らした。こんなところにあるものかという口調である。

「桂さん、これ、古くなった水桶を薪入れにしてるだけだよ」

鋼次も首をかしげた。

「薪の上に分厚く埃《ほこり》が溜まっています」

桂助は薪の埃を指で掬《すく》い上げた。

「ということは、この水桶の薪は長い間、使われていなかったということですよ。庫裡にある薪が使われていないなんて、おかしなことじゃありませんか」

そう言いながら、水桶の前に屈みこんだ桂助は、中の薪を取り出し始めた。そして、

「ありました」

掌《てのひら》に納まるほどの、小さな木箱を取りだした。

木箱は短冊よりも小さい。

「花奴さんの探してほしいと言った文はこれです」

桂助が木箱の紐《ひも》に指をかけると
「〝箱の中の文は恥ずかしいから、読まないで欲しい。見つけてくれたことには礼を申すが、そのまま、しい〟と花奴に念を押されている。木箱は開けずに持ってきて欲しい。それがしに渡して欲しい」

慶次郎の懇願にもかかわらず、桂助が蓋《ふた》を開けると、中からまばゆい黄金の如来像《にょらい》が出てきた。如来像は黄金ばかりではない、両目には翡翠《ひすい》、唇《くちびる》には珊瑚《さんご》、掌の上には大粒の真珠という具合に、数知れぬ宝玉が散りばめられている。如来の衣の部分に至っては、こんな暗がりだというのに、まるで、光を集める力があるかのように、きらきらと光り続けている。

「これは」

慶次郎さえも息を呑《の》んだ。

「文はどこだ？」

慶次郎の目は木箱の底に注がれている。だが、そこにはもう何もなかった。

「こんなもん、見たことねえな」

かざり職人であった鋼次には、目にしている如来像の細工が如何《いか》に素晴らしく、途方もない価値のものであるか、一目でわかった。

「桂さん、こりゃあ、やべえよ。盗品に間違いねえ」

鋼次はどきどきと胸が鳴った。

「すると、これを見つけたかった花奴は――」

放心状態に近い慶次郎は、その先の言葉を口にすることができない。

「亮吉さんの文の話は作り話です。あなたは亮吉さんや四国屋さんの話を、花奴さんだけから訊いていたのですね」

慶次郎は恥入ったようにうなずいた。


黄金と宝玉尽くしの如来像は奉行所に届けられた。詮議を受けた花奴は、何年か前、深川の船宿で妙真尼と廻り髪結いのおはんと知り合い、年増で独身《ひとりみ》の先行きが不安な女三人で、盗みを始めたことを白状した。

その手口は、まず花奴が大店《おおだな》の主など金持ちの客たちにもちかけて、家のお宝自慢をさせる。そして、これと決めた相手には、香月寺での香合わせにお内儀を誘うよう説得する。

「大店の旦那さんたちは、ほとんど、皆さん、遊び好きですからね、ろくにかまってもらえないお内儀さんは、一も二もなく飛びついてきてくれました」

　ここで妙真尼がさらにくわしく、大店のお宝を知ることになる。お香でくつろぎ、すっかり妙真尼に気を許したお内儀さんたちは、あろうことか、蔵の鍵の在処《ありか》まで口にしてしまうのだと花奴は言った。

「それからは、髪結いのおはんの出番でした。妙真尼が江戸で一番、腕のいい女髪結いだと吹き込むと、お内儀さんたち、迷わずに出入りする髪結いをおはんに替えてくれましたっけ」

　最後に、店の中に入りこむことのできたおはんが、やすやすと目当てのお宝を持ち去るという寸法で、驚いたことに、この後、何事もなかったかのように、その家に出入りして髪を結い続けていたこともあったという。花奴や妙真尼が疑われたこともなかった。

「秘訣は盗むのは一つだけ、そして一度盗んだ家では、二度と盗まないこと。たいていは、盗まれたことさえ、気づいてなかったんじゃないかしらね。それだけ、大店にはお金が唸《うな》ってるってことですよ」

花奴はけろりと言ってのけ、反省している様子はなかった。

花奴はお縄となったが、妙真尼、おはんの二人の屍《しかばね》は、香月寺の庭の裏手に埋められていた。盗んだ物はすべて、一度、香月寺に隠しておいて、時が来たら、売りさばくのが常だったが、高価な上に美しい如来像を盗んでしまったのが運のつきだった。売らずに独り占めしたいと、三人が三人とも思い詰め、何日か前、寺に集まった深夜、仲間割れの喧嘩になって、とうとう花奴は、仲間の二人を殺めてしまったという話だった。

「殺《や》るか、殺られるかでしたからね、仕方ないでしょ。ただ口惜しいのは、妙真尼ですよ。どうしても隠し場所がどこか、口を割らなかった。そこで、世間知らずのあいつを利用することにしたのさ。あいつはあたしにぞっこんだったからね。だけど、自分一人じゃできなくて、よりにもよってとんでもない助っ人を頼んじまったりしたから——」

花奴は真から口惜しそうに唇を噛《か》んだ。

翌日、鋼次がいつものように〈いしゃ・は・くち〉にやって来た。志保を家に送り届けるためである。

「花奴の話はとんでもねえ騙りだったんだけど、桂さん、どうして分かったんだい？」

「四国屋さんには、既に後添えに決まった方《かた》がいらしたんですよ。本橋さんに入れ歯を頼んだ縁で知り合った人の娘さんでね。一度は嫁したものの事情があって実家に戻っていたのだそうです。四国屋さんがたいそうお気に入られて——と、本橋さんから聞いていましたからね。」

「そりゃあ、羨ましい限りだ」

「最初はね、亮吉さんという手代と仲間なのかとも思いましたが——。仏像の話が気になりました」

「仏像って？」

「妙真尼が恋文と一緒に木箱にしまったという話、おかしいと思いませんでしたか」

「えっ？　わかんねえ」

鋼次は拳で頭をぽかぽかと殴った。

「不浄と断じた恋文を大切な仏像と同じ木箱に入れたのですよ。有り得ません。でも、橋川様があまりに熱心なので、言い出せませんでした」

「あいつ、案外初心なとこがあるんだよな」

「鋼次さん、いつもすみません」

志保の声が聞こえて、二人は話を終わらせた。


同心の友田《ともだ》達之助《たつのすけ》の話によれば、亮吉という名の番頭もいたが、気分の悪くなった主を料亭まで迎えに行った折、花奴と一言、二言、言葉を交わしたことがあるだけで、もとより、恋文をやりとりする仲ではなかった。また、亮吉はまだお内儀が元気だった頃、妙真尼のいる香月寺へ、お供したことがたびたびあったことを思い出していた。奉公人の一人も女髪結いのおはんを覚えていた。おはんはお内儀が亡くなるまで、四国屋に通い続けてきていたそうである。

友田は四国屋の主仁三郎《にざぶろう》も詮議した。黄金、宝玉尽くしの如来の持ち主ではないかと訊かれた仁三郎は、

「滅相《めっそう》もありません。聞くところによれば、その如来、どこもかしこもご禁制の品が散りばめられているとか——。誓って、手前どもとは関わりございません。いいえ、あるわけもないのです」

冷や汗を掻き通し、ひたすら、平身低頭し続けた。

「物が物だけにお上に届けることができなかったのだな。なるほど、泥棒業にも穴場があるものだ」

友田は奇妙な感心をして、

「あの如来の目玉一つでも我が物であったなら、どれだけ、優雅に酒が飲めることか」

とため息をついた。

そして、とうとう、持ち主の現れなかった如来像は、将軍家ゆかりの寺に寄進されることに決まった。

桂助はさくら湯での治療を続けていて、慶次郎とは時折、顔を合わせている。慶次郎は気が向くと、また、与太者に絡まれては大変だからと、〈いしゃ・は・くち〉まで迎えに来ることもあるが、歯の治療をしてほしいと言ったことはまだない。

第三話　菜の花しぐれ

一

二月も半ばを過ぎると、〈いしゃ・は・くち〉の薬草園では、菜の花畑がまぶしい。菜の花が黄色い花をいっせいに開かせるのである。

二日に一度通ってきている志保《しほ》は、

「綺麗《きれい》だわ」

と言って目を細めた後、

「これから忙しくなるわ」

ささっと襷《たすき》をかけ袖をたくし上げた。

〈いしゃ・は・くち〉にある菜の花畑では、実を取る目的で菜の花を植えているわけではなかった。

いつだったか、川原を通りかかった桂助《けいすけ》が、心ない人に根を引き抜かれて捨てられ、萎《しお》れかけていた野生の菜の花を拾ってきたことがあった。その時、桂助は、

「明るい菜の花はお陽《ひ》様みたいでいいですね」

と洩《も》らしたのだった。

——これを枯らしてはいけないわ——

志保は早速、薬草園に植えた。その菜の花が、今では開花時、陽だまりが出来たかに見えるほど増え育っていた。

「お陽様を見てるのもいいが、もっとぬくくなるには食べちまうことだぜ」

鋼次《こうじ》が言いだして、この季節、〈いしゃ・は・くち〉の昼餉《ひるげ》は菜の花尽くしであった。

菜の花といえば、重曹《じゅうそう》を入れた湯でさっとゆがいて、豆腐や胡麻《ごま》、味噌、辛子《からし》などで和《あ》える。この和え物を仇《かたき》のように菜《さい》にして食べ続け、飽きてくると、蛤《はまぐり》を炊き込んだご飯に散らしたり、和え物にゆがいたイカを混ぜ込んだりする。

料理に使う菜の花は、まだ花がつきかけたところの新芽の部分で、黄色く色づいてしまった菜の花の葉や茎は固い。志保が忙しくなると言ったのは、開花と競うようにして新芽を摘《つ》まなければならなかったからである。

「なるほど、花が開いちまったら、お陽様を丸ごと腹に入れたことにならねえもんな」

鋼次は合点して、志保の菜の花摘みを手伝うこともあった。

そんなある日の夕方、またしても伊兵衛《いへえ》が〈いしゃ・は・くち〉を訪れた。すでに志保を送りがてら鋼次は帰ってしまい、桂助一人である。

「これをお内儀《かみ》さんが」

居間で向き合った伊兵衛は風呂敷の包みを解いた。

「〝菜の花しぐれ〟か」

桂助の目が和《なご》んだ。

菜の花は桂助だけではない、養母お絹《きぬ》が好きな花でもあった。お絹は目立つことが嫌いな大人《おとな》しい性格ではあったが、いつも温和なその表情はあたたかく明るかった。そんなお絹を桂助は菜の花に似ていると思っている。桂助が菜の花を好きなのは、お絹が好きな花でもあり、お絹を思わせるからであった。

「〝いつもの季節のいつもの物で代わり映えはしないけれど〟と、お内儀さんはおっしゃっておいででした」

そして、この季節、両国の老舗《しにせ》菓子屋嘉祥堂《かしょうどう》で売り出される、銘菓〝菜の花しぐれ〟はお絹の好物だった。お絹は茶会を開いて、菜の花を愛《め》でつつ、濃い茶とこの練り切り菓子を楽しむのである。

「お内儀さんは、なつかしそうに〝桂助は小さい頃、よく茶の相手になってくれたものです〟なぞとも――」

桂助の生母は京の公家《くげ》の息女であるという。その血筋もあるのか、桂助は幼い頃から茶道を教えられると、飲み込みがお房《ふさ》などよりも早かった。

「あれはこの〝菜の花しぐれ〟に釣られたのだよ」

桂助は笑って目の前の〝菜の花しぐれ〟を見つめた。

〝菜の花しぐれ〟は、丸めた黄身しぐれを、山梔子《くちなし》の黄と抹茶の緑で染めた白餡《しろあん》がすだれのように取り囲んでいる。美味《おい》しいのは勿論《もちろん》だが、たいそう美しい菓子であった。

「この〝菜の花しぐれ〟について、旦那様から、面白《おもしろ》い事を伺《うかが》いました」

伊兵衛は話したくてうずうずしているのに、勿体《もったい》ぶっている。

「面白いというよりもいい話です」

「そんないい話なら、早く聞かせておくれ」

桂助は痺《しび》れを切らしたが、

「さてさて、若旦那様、〝菜の花しぐれ〟はいつから売られるようになったと思います?」

伊兵衛は芝居《ごんげん》がかった声を出した。

「嘉祥堂は権現様の頃よりある老舗だと聞いているから、二百五十年ぐらい前かな?」

「〝菜の花しぐれ〟はそこまで古いものではありません」

「と言ったって、わたしが物心ついた頃にはもうあったよ」

「それはそうです。旦那様がお内儀さんと夫婦《めおと》になられた春、売り出されたものなのですから」

「おとっつあん、おっかさんと〝菜の花しぐれ〟に縁があるって言うのかい？」

桂助はへえという顔になった。

「〝菜の花しぐれ〟は、旦那様が小間物問屋松田屋《まつだや》の次女でお絹という名の娘さんを見初《みそ》め、お内儀にと望んだ折、嘉祥堂の名人と謳《うた》われた先代に作らせた菓子だと、旦那様から伺ったのです。春もまだ浅い今頃、両国橋を渡っていた旦那様は、笑顔のまぶしい娘さんとすれちがったのだそうです。その娘さんは、大事そうに菜の花を手にしていて、その風情《ふぜい》が何とも翳《かげ》り一つなく、お陽様のようにぱーっと明るくて、こんな相手と共に一生を過ごすことができたらどんなに幸せだろうかと思って、夢中になられたそうです」

「知らなかった。おとっつあんたちは親が決めて、夫婦になったのだとばかり思っていたよ」

「こう申し上げては何ですが、小間物問屋と大店《おおだな》の藤屋《ふじや》とでは釣り合いが取れません。周囲は米問屋の娘さんとの縁組みの話を進めていて、反対を押し切って強引に進めたと、これも旦那様から伺いました」

「感心した、たいした想いだ。それでおとっつあんは、嘉祥堂に〝菜の花しぐれ〟を作ってもらって、それに想いの丈をこめて、おっかさんに贈ったんだね」

「ということのようです」

「ふーん」

「なかなかいいお話でしょう」

伊兵衛はにこにこと笑った。

「それはそうなんだけど」

桂助は頬杖《ほおづえ》をついた。

「それだけかなあ」

「何か腑《ふ》に落ちない点でも？」

「〝菜の花しぐれ〟がどうもねえ」

「お内儀さんのために作らせて贈るのが、それほどおかしいですか」

「伊兵衛、おとっつあんの気性を知っているね」

「はい。商《あきな》いこそ凄腕《すごうで》ですが、気のお優しい、思いやり深いお方です」

「おとっつあんときたら、気遣いが過ぎて気で悩むことさえある。片や、お祖父《じい》さんは火の玉みたいな気性で、頑固一徹、言いだしたらきかない人だったと聞いている。

おとっつあんの気はお祖父さんより弱い。そんなおとっつあんがお祖父さんの反対を押し切るのは大変そうだ。だとしたら、お祖父さんを説き伏せるのに手一杯で、〝菜の花しぐれ〟なんて、作らせて贈る余裕なんかあったろうか」

「それは先ほども申しましたように、お内儀さんへの一目惚《ひとめぼ》れが高じての想い、恋路をまっしぐらに進んでおられたゆえでございましょうよ」

「でも、酒が飲めず、お菓子好きだったというお祖父さんは、嘉祥堂の先代とも親しくしていたはずだ。おとっつあんがまだ若旦那の分際《ぶんざい》で、おっかさんのための菓子作りなど頼んだら、いずれはお祖父さんの耳に入って、〝勝手な振る舞いをするな〟と大目玉を食らうとわかっていたろうに——」

「その通りです」

伊兵衛はうなずいた。

「大旦那様に殴られた両頰の腫《は》れがしばらく引かず、河豚《ふぐ》のような顔のまま過ごすしかなく、その間はお内儀さんにも会えないので、それが何より辛《つら》かったとおっしゃっておいででした。大人しい自分が父親に手を上げさせたのも、これが最初で最後、今にして思えば、悪くない思い出だったと——。このことがきっかけで、さしもの大旦那様も旦那様の想いを許されたとのことです」

「すると、おとっつあんは、ここまですれば、お祖父さんも許してくれると、わかっていてやったのだろうか」

「それはどうでしょうね」

伊兵衛は首をかしげた。

「人は色恋の最中に、この手の計算なぞできはしないものですよ」

「色恋の最中だからこそ、できる計算もある」

桂助はじっと伊兵衛を見つめた。

「おっかさんは若い頃、菜の花みたいな小町娘だったわけだろう？　だとしたら、一生を共にしたいという相手は、おとっつあん、一人とは限らないじゃないか」

「つまりは恋仇が居たと？」

「おとっつあんだって、親が決めた相手が居たんだとしたら、おっかさんの方にも相応の人がいてもおかしくない」

二

「旦那様が〝菜の花しぐれ〟を贈られたのは、恋仇に勝つためだったとおっしゃるんですね」

伊兵衛は目をぱちぱちさせたが、違うと首を横には振らなかった。

「すれちがったおっかさんは大事そうに菜の花を抱えていた、それを見て一目惚れしたおとっつあんは、この人は菜の花が好きなんだとわかった。それでおっかさんについて調べたんだ。許嫁《いいなずけ》のいることもわかったにちがいない。そこで、おとっつあんは知恵を絞った。どうやったら、おっかさんに気持ちを変えてもらうことができるか――。その答えが〝菜の花しぐれ〟だった。女の人は甘いものに目がないから、自分にしか贈ることのできない美味しい菜の花を贈れば、贈り主の想いを感じ取って、その想いに応《こた》えてくれるかもしれない――。これは伊兵衛、おとっつあん、一世一代の恋の賭けだったんだよ」

「なるほど深い読みですね」

伊兵衛は感心して、

「しかし、たとえそうだとしても、今となっては、旦那様がそこまでお話しにならないのも、無理からぬことです。年を経た者にとっては、若気のいたりというか、思い出すのも気恥ずかしいようないきさつですから」

しみじみ言った。

「おとっつあんから、〝菜の花しぐれ〟の話を聞くのは初めてかい？」

「はい」

「だとしたら、どうして、おとっつあん、今頃、そんな話をする気になったんだろう」

「それはもう、お内儀さんへの変わらぬ想いですよ。それをつい、口にされたんです」

「そうだろうね」

「まだ、何かご不審ですか」

「いや、そんなことはないんだが」

なぜか桂助はふっと心に影がよぎるのを感じた。

――たぶん、気のせいだろう。ここのところ、悪い方、悪い方と考えすぎているのかもしれない――

そこで桂助は陽だまりそのものに見える、〝菜の花しぐれ〟に手を伸ばした。お絹が極上だと讃える上品な甘みを味わって、

「伊兵衛もお食べ」

と勧めた。

「それが――」

伊兵衛は急に鬱々《うつうつ》とした表情になった。

「どうしたんだい?」

伊兵衛は甘党のはずであった。

「実はわたし、このところ、気になることがございまして。若旦那ではなく、口中医の桂助先生にご相談したいことが――」

「それなら、そばに来て口を開けてごらん」

「はい」

伊兵衛は畳の上をそろそろと近づいた。

「もっと近くに」

「でも」

伊兵衛は口を両手で覆った。

「そんな風にしていては、診《み》ることができないよ。手を外しなさい」

「それでは」

伊兵衛は口の上から両手を下ろした。

「では大きく口を開けて」

伊兵衛は泣きそうな顔で大口を開けた。

「はい、もう、結構」

桂助の指示で口を閉じた伊兵衛は、

「ここ何日間、わたしを見る女房のおさいや娘のおいくの目が気になってなりません。近づいて話をしている時です。はじめは二人ともびっくりしたような顔をしていて、そのうちに目を伏せるようになりました。楽しかった家族の語らいの時もぎくしゃくしてきて――。自分では気がついていない、わたしの口の臭いが理由らしいとわかりました。このままでは家族に嫌われてしまうと、何を食べても美味しく感じられなくなって――」

伊兵衛の目から涙が一つ、ぽろりとこぼれ出た。

「痛みはまだないはずだよ」

桂助は伊兵衛の口臭は歯草《はくさ》が原因だと診たてた。

「歯草、やっぱり――」

伊兵衛の顔が歪《ゆが》んだ。

「年寄りに多い病いと聞いています。いい年をして所帯など持ったのが間違いでしょうか」

「歯草は年配だから罹《かか》るというものでもなければ、晩婚とも関わりがない。ようは口中の掃除が行き届いていないから罹る。このところ、家族の団欒《だんらん》が楽しすぎて、夜、お菓子をつまんだ後、口を濯《すす》がずに寝てしまうようなことはないかい?」

「前は独身《ひとりみ》でしたから、寝しなに食べるなんてこと、ありはしなかったんです。ところが、所帯を持ってからというもの、わたしは言うに及ばず、おさいもおいくも花林《かりん》糖《とう》が大好きなもんですから、ついつい、花林糖とお茶で話が弾んで、眠くなるといい気分でそのまま——」

伊兵衛は頭を搔《か》いた。

「それが何よりいけない」

桂助は厳しくたしなめ、

「わたしの知っている伊兵衛はむしば知らず、歯草知らずのはず——」

やや口調に非難をこめた。

「けど若旦那、独りぼっちのむしば知らず、歯草知らずと、家族がいて歯草になるのだったら、歯草になった方がましです。今となっては、以前、どうして、当たり前みたいに独りで暮らしていられたのか、不思議でなりません。いい年をしてと世間は言いますが、やっと持てた家族はほかほかの炬燵《こたつ》みたいなものですよ。独りになるなんてこと、思っただけで、寂しくて凍え死にたくなりますよ」

伊兵衛は声を詰まらせた。

「何もわたしは家族か、歯草知らずか、どちらを取るのかなんて言ってはいない。家族があっても、歯草にならないことはできる」

そう言って、桂助は鋼次に作って届けてもらっている房楊枝《ふさようじ》に手を伸ばした。

「前に若旦那はそれで歯を磨くのが何よりだとおっしゃってましたね」

伊兵衛はちらりと房楊枝を見て眉《まゆ》をひそめた。

「どうやら使ってはいないようだね」

「試したこともありません」

伊兵衛はきっぱりと言い切った。

「じゃあ、今まで口をどうやって綺麗にしていたんだい？」

桂助は呆《あき》れた。

「うがいですますことが多いんです。たまに歯茎から血が出たりすると、さすがに、あわてて、これですよ」

伊兵衛は人差し指を横向きにぴんと立てた。

「これに粗塩《あらじお》をつけてごしごし歯茎をこするんです。これですと只《ただ》ですしね」

「房楊枝は花林糖と比べて、そう高いものではないよ」

房楊枝の値段は一本四文、花林糖は一袋十文ほどである。

「伊兵衛が試そうとしないのは、ほかに理由がありそうだ」

「伊達《だて》を気取った色男がくわえて歩いていたり、役者が得意気に使っているのが絵になったりしてますね、あれが何とも気障《きざ》で鼻持ちならなくて、敬遠してたんです」

伊兵衛は悪びれずに本音を洩らした。

「房楊枝は誰が使うかではない、どう使うかだ。おしゃれに使う者もいるだろうが、本来は口中を清めるのが目的なんだから」

桂助が諭すように言うと、

「わかりました。お説もっともでございます」

深々と頭を下げた伊兵衛は房楊枝を買い求めることに決めて、懐から財布を取り出した。ひい、ふう、みい——と一文銭を数えながら、

「これで磨いていれば、家族にもう妙な顔をされないですむんでしょうね」

伊兵衛は念を押してきた。

「真面目《まじめ》に使い続ければの話。それと、房楊枝はまめに新しいのと取り替えて使わなければ、効き目がないんだから、花林糖ばかりもとめていてはだめだよ」

桂助は釘を刺した。

「わかってますよ」

怒ったように言って、伊兵衛は房楊枝を大事そうに手にして帰って行った。

そんな伊兵衛の女房おさいが〈いしゃ・は・くち〉を訪れたのは、翌々日、昼過ぎのことであった。この日は志保が通ってきていた。

「あの――」

大年増《おおどしま》のおさいは色白の涼しい瓜実顔《うりざねがお》で、年頃の娘がいるなどとは思えないほどの若々しさである。

藤屋に奉公している伊兵衛の女房だと名乗ると、

――伊兵衛さん、果報者だわ――

思わず志保は目を瞠《みは》った。

「常々伊兵衛さんにはお世話になっております」

「どこがお痛みなのでしょうか？」

桂助は首をかしげながら、血色のいいおさいの羞《は》じらったような笑顔をながめた。

〈いしゃ・は・くち〉に押しかける、歯痛で苦しんでいる人たちは、皆、たいてい、真《ま》っ青《さお》な顔色をしていて、口と眉をへの字に曲げているのが常だった。

三

「実はわたしのことではないんです。うちの人のことで——」

おさいは伊兵衛の口の臭いについて話した。

「身体《からだ》のどこかが悪くても、息が臭くなると聞いています。うちの人にもしものことがあっては、取り返しのつかないことになると思い、ご相談に上がったのです」

おさいは頬を染めた。

桂助はおととい の夜、当の伊兵衛が訪れて、口臭の悩みを打ち明けていったことを告げた。

「まあ、あの人、気がついていたんですね」

「口臭は近くの人が先に気がつくものですが、いずれ当人にもわかるものです」

桂助は伊兵衛の口臭は歯草ゆえだと説明し、

「歯草と言ってもまだ軽いものですから、心配はいりませんが、治療と養生は大事です」

房楊枝を渡したいきさつを話した。

「よりによって、わたしや娘につきあって食べている花林糖のせいだなんて」

おさいはため息をついた。

「花林糖が悪いのではありません。食べた後、口中に食べかすを残したまま、寝てしまうのが悪いのです。房楊枝で歯と歯茎の間の食べかすを、綺麗に取り除くようになれば、いずれ、歯草は治ります」

「先生が房楊枝を渡してくださったのはおとといですね」

おさいは念を押した。

「ええ」

桂助がうなずくと、

「昨日は娘のおいくがあの人の好物の金鍔《きんつば》をもとめてきて、三人で食べながら、遅くまで話をしたのですが、気がついてみたら、あの人、畳の上でいびきをかいて寝てました。風邪を引くといけないので、いつものように夜着を着せかけました。うちの人、寝ているところを起こされるのが嫌いな性質《たち》で――」

「つまり、房楊枝を使っている様子はないんですね」

「そうです」

おさいはうなだれた。

「ところであなたや娘さんも、花林糖や金鍔を食べた後、口はそのままですか?」

「いいえ、よくうがいをするか、指で磨いてはいるのですが」

おさいは伊兵衛がして見せたように、横に付きだした人差し指を唇《くちびる》に当てた。

「それも、しないよりはした方がいいでしょうが、不十分です。ちょっと、口を開いてみてください」

「もしかして、わたしも歯草に?」

おさいは不安そうに口を開いた。おさいの口の中を診た桂助は、

「口の中は綺麗です。むしばも歯草も見当たりません。うがいや指磨きが効《き》いているせいもあるでしょうが、年齢的なものもありますね」

「年がいくほど、同じように暮らしていても、歯草に罹りやすいということですか?」

「人は誰しも、加齢と共に身体の力が衰えてきますからね」

「まあ、わたしも娘もいずれは歯草になるかもしれないんですね。男ならまだしも、女が歯草だなんて、忌《い》まわしすぎます。歯草になんてなったら、わたし、うちの人に嫌われてしまう、どうしよう――」

顔を赤らめながら、おさいは袖で口を押さえて顔をしかめた。

傍《そば》で聞いていた志保は、

――口臭が元でおさいさんに嫌われるんじゃないかと、悩んでいるのは伊兵衛さんの方だっていうのに、おさいさん、よほど伊兵衛さんが好きなんだわ――

ここまで好き合っている二人が羨《うらや》ましかった。

「予防はできます」

桂助は断言して、

「これですよ」

またしても、鋼次の房楊枝を手にした。

「あなたや娘さんも今から、房楊枝をお使いになることです」

「そうでした」

おさいの顔がぱっと明るさを取り戻した。

「うちの人が房楊枝を使い始めないのは、普段、わたしたちが使わないからだったのだと、今、はじめて気がつきました。房楊枝は指磨きよりお金がかかることもありますけど、本音は自分だけ違うことをしたくなかったんですよ、きっと」

桂助は笑顔で、

「あなたや娘さんが率先して房楊枝を使えば、伊兵衛も妙な気後《きおく》れを感じることなく、使うことができると思います」

「房楊枝、この次からは、うちの人にここで一緒にもとめてきてくれるよう頼むことにして、今度だけは別のところで買って帰ります。どうか、わたしがここへ来たことはうちの人に内緒にしてくださいましね」

そう口止めして帰って行ったおさいの後ろ姿を見送って、桂助は、

「たしかに口臭は恥ずかしく、指摘しづらいものです。気がついている方も、相手に気づかれている方も、口に出すのが憚《はばか》られるのでしょう」

と洩らした。

志保は、

「ご夫婦って、端《はた》で見ているだけでは分からない、はかりしれない秘密があるものなのですね——」

と感心しかけて、

「秘密というよりも気遣いなのでしょうけれど、お若くないとはいえ、新婚のご夫婦は気遣うことが多いものですね」

言い直した。

桂助は、

——夫婦の秘密、気遣いといえば、おとっつあん、おっかさんに〝菜の花しぐれ〟

の話をしたことがあるのだろうか。恋仇が居ると知って、その相手と競うため、嘉祥堂に〝菜の花しぐれ〟を作らせたことを――。恋仇の許嫁はおとっつあんの気持ちをまるで知らなかったわけだから、これは不意打ちだ。商いでも生き方でも、正々堂々が好きなおとっつあんらしくない。好いた相手のおっかさんに対して、恥ずかしいという点では、口臭と同じようなものかもしれない――

やはりまた、長右衛門《ちょうえもん》のことが気にかかったが、

――しかし、それと岩田屋《いわたや》とは、どこをどうつなぎ合わせてみても、関わり合いがあるまい――

このところ、ついつい物事を深く考えすぎてしまう上に、すぐに岩田屋に結びつけて勘ぐってしまうのは、悪い癖だと思い、このことはもう忘れることに決めた。

だが、またその翌々日になって、桂助は再び長右衛門の恥、〝菜の花しぐれ〟について思いをめぐらすことになった。

昼の治療を終える頃、小女《こおんな》も連れずに一人、訪れたお房が〝菜の花しぐれ〟を手土産《てみやげ》に持ってきたからである。

いそいそと風呂敷包みを解いて、〝菜の花しぐれ〟の入った箱を開けたお房に、

「有り難いが、それなら、もうとっくに、おっかさんから届いている」

と桂助は言ったが、お房はがっかりした風もなく、

「〝菜の花しぐれ〟は兄さんの大好物だもの、いくらあっても大丈夫よ」

けろりとしたものだった。

「まあ、それはそうだが」

桂助は苦笑して、箱の中の〝菜の花しぐれ〟に手を伸ばした。〝菜の花しぐれ〟は、桂助だけではなく、志保や鋼次の好物でもあった。神田鍛冶《かじ》町に住む入れ歯師の本橋《もとはし》十吾《じゅうご》にも届けたし、今度は自分の歯茎が痛くなったと言って立ち寄った友田《ともだ》達之助《たつのすけ》なぞは、歯草で腫れた歯茎の痛みにもめげずにこの菓子を五つ、六つも食べて帰った。抜歯後、すっかり身体の調子がよくなったと礼を言いに来た、飴《あめ》売りもしている下っ引きの金五《きんご》は、

「商売もんの飴ばかり舐《な》めてちゃ、身体が飴になっちまうから有り難《がて》え」

などとよくわからない歓声を上げた。お絹が伊兵衛に託した〝菜の花しぐれ〟は、あっという間になくなってしまっていたのである。

またしても、わけありの〝菜の花しぐれ〟を目にした桂助は、

「おっかさんがこれを好きな理由を知ってるかい?」

お房にそれとなく訊《き》いてみた。

ところが、お房は、

「知らないけど、美味しいものは美味しいから好きなのよ。理由なんてあるわけないでしょうに」

あっけらかんと答えた。

「それにしても、おとっつあんの気が知れないわよ、こんなに綺麗で美味しいものが嫌いだなんて」

「へえ、おとっつあん、甘いものが苦手だったっけ？」

桂助の知っている長右衛門は左党でもありながら、汁粉《しるこ》や饅頭《まんじゅう》なども好んで食べる両刀遣いであった。

「そういえばそうね」

ふと思いだしたお房は、

「でも、いつだったたか、おとっつあんとおっかさん、あたしの三人でくつろいでいた時、おとっつあん、おっかさんが席を立っていなくなったところを見はからって、あたしに自分の分の〝菜の花しぐれ〟を食べてくれって言ったのよ。だから、おとっつあん、〝菜の花しぐれ〟が嫌いなんだとわかったの」

四

「何年か前のことよ。子どもの頃にも、そんなことが、何度か、あったような気がする」

「それ、いつのこと？」

「おとっつあん、お房に食べてほしいと頼んだ時、何か言っていなかった？」

「このことはおっかさんに内緒だって」

「おとっつあん、子どもの頃の時も同じことを言った？」

「言ったと思うけど、よくは覚えてないわ。子どもの頃は、美味しいお菓子が二人分食べられるってことだけで、うれしくてならなかったから」

「それ、少し、おかしかないか」

「どうして？」

お房は無邪気《むじゃき》に聞き返した。

「だって、子どもの頃、うちじゃ、お菓子は食べ過ぎると身体に毒だってことで、決められた分しか食べてはいけないことになっていただろう。特にお房は――」

三度のご飯よりも、お菓子が大好きだったお房は、食べ過ぎてお腹をこわすことがよくあった。

「どうせ、あたしは小さい時から、食い意地が張ってましたからね」

お房は軽く桂助を睨《にら》んだ。

「いつも、おっかさんに食べ過ぎないよう言われてたわ。そういえばおとっつあんにも――」

長右衛門は世の多くの父親のように娘に甘かったが、お房のお菓子食いだけは厳しく叱《しか》った。志保の父で主治医の佐竹道順《さたけどうじゅん》に、子どもの頃から、甘いものばかり食べ過ぎていると、四十を越えて罹る病いに、若い身空で冒されると聞いていたからであった。

「だけど、本当よ。本当におとっつあん、子どもだったあたしに自分の分もくれて、おっかさんに内緒だって言ったのよ」

「悪いとわかっていて、頼まずにはいられない、よほどの想いがあったのだろうね」

「〝菜の花しぐれ〟はおっかさんの大好物。なのに自分は嫌いだなんて、言えなかったんでしょうね、おとっつあん。きっと、おっかさんが大好きだから、おっかさんが好きな〝菜の花しぐれ〟も好きなふり、していたかったのよ。涙ぐましいわね。あんなに長く連れ添っているっていうのに、まだ、相手に気遣いしてるなんて。そんな人が居て、おっかさんって、女冥利《おんなみょうり》に尽きる三国一の幸福者だわよ」

「それはそうだね」

桂助は相づちを打った。

——おそらく、お房は伊兵衛が教えてくれた、〝菜の花しぐれ〟誕生のいきさつも含めて、これ以上、何も知らないのだろうから——

「ところで、そっちの用は何かな?」

桂助は話を変えた。

「話なんて、別にないわよ。〝菜の花しぐれ〟を買いに出て、近くまで来たから寄っただけのことで」

お房はもじもじと身体を揺らせた。

「〝菜の花しぐれ〟を売っている嘉祥堂とここはそうは近くないよ」

「だったら、兄さんが大好物の〝菜の花しぐれ〟を、届けてあげようと思っただけのことだわ」

「すでに、おっかさんが届けているかもしれないのにわざわざ?」

「負けたわ」

お房はふーっと大きく息をついて、

「昔から兄さんの目はごまかせない。小さい頃、卑《いや》しん坊のあたしがお腹を下した時も、兄さん、縁先に付いてた汁を見つけて、あたしがこっそり裏庭の梅の木に上って、青梅を食べたって見破ったんだったわ。口惜しいったらない――」

言葉とはうらはらにお房の口元がほころんだ。

「かなわないわ、兄さんには」

「いいから、相談事を言ってごらん」

「紬屋《つむぎや》ではお悦《えつ》さんの四十九日が終わったのよ」

「あれは気の毒だったね。もう少し、早くに気づいていたら」

今度は桂助が心《しん》から口惜しそうに言った。去年の師走《しわす》、紬屋に輿入《こしい》れした質文《しちぶん》の娘お悦が、子を宿したまま、還《かえ》らぬ人となってから二ヶ月が過ぎていた。お悦の死因は歯草と虫歯の毒が身体に及んだものだった。これらの毒は、予期せぬ流産や早産を起こすのである。

「お悦さんのご亭主、太吉《たきち》さんはさぞかし気を落としていることだろう」

「そうなんだけど」

お房は浮かない顔になった。お房もまた、気を落としているように見える。

「太吉さんについて、何か気がかりなことでもあるのかい」

「太吉さんに腹違いの弟さんがいたでしょ」

「手代の彦治《ひこじ》さんだったっけ？」

「彦治さん、紬屋をやめたいと言ってるの」

「わからないでもないな」

太吉の嫁お悦は我《わ》が儘《まま》と贅沢《ぜいたく》の限りを尽くしていて、このままでは紬屋が潰《つぶ》れると危惧《きぐ》した彦治は、お悦に毒を盛ろうとしたのである。

「お悦さんが毒を身体に入れる前に、あんなことにならなければ、お悦さんは毒で死んでいたのかもしれないからね」

「彦治さん、自分は一度は人を殺《あや》めようとした身だから、人として道からはずれている。そんな汚れた身でこのまま、紬屋に奉公していたくないと言っているのよ」

「彦治さんの気持ちはよくわかる」

「それを聞いた太吉さん、お悦さんを止められず、言うなりになった自分が悪いのだから、身を引くのは自分の方だと言いだしたの」

「それはまた、まっすぐで優しい心根の太吉さんらしいね」

「紬屋の主《あるじ》には、罪を犯してまで店を守ろうとした彦治さんこそふさわしいって――」

「けれど、そんないきさつ、主の貞右衛門《さだえもん》さんは知らないはずだよ」

「それで太吉さん、頭を丸めて仏門に入るなんて言ってるのよ。そうすれば、亡くなったお悦さんや子どもの供養《くよう》にもなるし、彦治さんもすんなり、自分の後に座りやすいだろうって」

「たしかにそうかもしれないな」

一見して、兄の太吉よりも弟の彦治の方が商いに向いているように見えた。

「でもねえ」

うつむいたお房の横顔が寂しそうであった。お絹に似て明るい性格のお房は滅多《めった》に憂い顔など見せない。お房がこんな顔を見せるのは決まって、好きな相手を想いすぎている時であった。

──もしかして──

桂助はそんな妹の顔をしみじみと見て、

「それで、おまえはどうなんだい？」

と訊いてみた。

「どうって、何がよ」

お房は正面を向いて唇を尖《とが》らせた。寂しげな憂い顔は消えて、目元からいつもの明るい笑顔が広がっている。

――今度はそこそこ上手《うま》く行くかもしれない――

面食いのお房は男の器量にばかり惚れて、醜い心を見落とすきらいがある。一度など、男に化けた美女を罠《わな》とも知らず、一途《いちず》に想ったことまであった。太吉は醜男《ぶおとこ》でこそなかったが、お房の好きな、歩いていてぱっと目を引く役者顔とはほど遠く、江戸八百八町、どこにでも居そうな、丈の詰まった四角い顔の江戸人であった。

――お房もやっと相手の心映えに惹《ひ》かれるようになったのだ――

「お房は太吉さんが出家するのが不満そうだよ」

「そんなことないわよ」

お房は目を伏せた。

「他人《ひと》の家《うち》のことだもの」

「でもなさそうだよ」

「別に太吉さんに相談されたってわけじゃないのよ、噂《うわさ》で耳にしただけ。なのに、どうしてだか気になるのよ」

お房は顔を上げた。その顔には憂いの翳りがある。

「あたし、どうかしたのかしら？」

「噂に聞いただけのことなら、本当かどうか、太吉さんに会って確かめてみたらどうなんだい」

「確かめてどうなるのよ」

お房は焦《じ》れたように言った。

「お房の気持ちを、正直にそのまま太吉さんに伝えればいいんだよ」

「でも、それ――」

お房は耳まで真っ赤になった。

うんとうなずいた桂助は、

「太吉さんに仏門になど入らないでほしいって頼む、それだけで充分だと思うよ」

優しくお房に微笑《ほほえ》んだ。

「けれど、太吉さんがお坊さんにならないと、紬屋を彦治さんに譲ることはできそうにないのよ」

お房が顔を赤くしたまま、危惧する言葉を口にすると、

「そのことよりも、お房は太吉さんに自分の気持ちを伝えることが先だ。太吉さんが頭を剃《そ》ってからでは遅い。後のことは必ず、わたしが何とかするから」

と桂助は言い切った。

桂助は、明日にでも藤屋へ出かけて行って、長右衛門と話をするつもりであった。

五

桂助が実家《さと》を訪れた時、長右衛門は離れに居た。離れは長右衛門がいずれ隠居所にと決めている場所であった。長右衛門は、ことあるごとに、

「お絹と二人、共白髪《ともしらが》になったら、ここで茶の湯三昧《ざんまい》の日々を送るんだ」

と語っていた。

離れの座敷の炉には鉄瓶《てつびん》がかかっていて、しゅんしゅんと湯の沸く音がする。竹で出来た花挿しには菜の花が一輪飾られている。壁にぽっと灯《とも》りが点っているかのようだった。

──おっかさんが活《い》けたのだろう──

「よく来たな」

長右衛門は笑みを浮かべたが、その目は不安げで、何事が起きたのかと案じている。

忙しい桂助が理《ことわり》もなく、実家に立ち寄ることなど滅多になかったからである。

「まさか、また──」

長右衛門は常に岩田屋を警戒していた。察した桂助は、

「岩田屋はどうしています？」

と先にその名を口にした。

「そう訊いてくる以上は、おまえや〈いしゃ・は・くち〉の仲間に何事もないのだな」

長右衛門はほっと胸を撫《な》で下ろした。

「それは何よりだ。まあ、一服して行きなさい」

炉のそばに座った長右衛門は柄杓《ひしゃく》を手にして、茶の点前《てまえ》をはじめた。しかし、菓子盆の蓋《ふた》が開けられて勧められたのは、〝菜の花しぐれ〟ではなかった。梅の形をした赤い〝霜紅梅《しもこうばい》〟であった。

「ところでおとっつあん」

長右衛門は茶筅《ちゃせん》に手を伸ばしている。

「岩田屋にはさんざん痛い目に遭《あ》っていますが、最初はお房の婿取りでしたね」

「勘三《かんぞう》のことか」

長右衛門はうつむいたまま、ぴくりと眉を怒らせた。

岩田屋の三男勘三と祝言を上げたお房は、枕も上がらないほど重い病いに罹ったことがあった。しかし、その病いの元は何と阿片《アヘン》の毒で、お房を亡き者にして藤屋を乗っ取ろうとする、岩田屋父子の悪辣《あくらつ》な企みだったのである。勘三は飼っていたまむしに嚙《か》まれて命を落としたが、これぞ、まさに自業自得《じごうじとく》であった。

「あの話は思い出すたびに、身体中の血が煮えたぎるのではないかと思うほど、口惜しい、岩田屋が憎い。しかし、それだけではなく、お房が不憫《ふびん》でならない」

そう言って、長右衛門は桂助に点《た》てた茶を差し出したが、その手は憤怒の想いで震えている。

「おとっつあんはどうして、お房の相手に岩田屋の息子なんかを選んだんです?」

桂助は鋭く訊いた。

「選んだのではない、岩田屋からもちかけられたのだ」

長右衛門は桂助を睨んだ。

「それにあの時はまだ、今のように闇将軍などと言われず、岩田屋の噂はそう悪いものではなかった。両替屋で成功する前は、いったい何をしていたのか、誰にもよくわかってはいなかったものの、つきあいがよく、相場であれ、売り買いであれ、つきあった相手に損をさせないと評判だった。岩田屋と縁続きになれば、藤屋の商いもさらに大きくなる。ご先祖様にその報告もできる。岩田屋との縁組みは藤屋にとって、損な話ではなかったのだ」

「つまりはおとっつあんの商いのためですね」

たじろぐ様子もなく桂助は続けた。

「わしのためではない藤屋のためだ。わしらは先祖代々、この家業で雨露を凌《しの》いできた。藤屋が栄えれば、お房は幸せになれると信じていた。だが――」

長右衛門はうつむいて、

「そうはならなかった」

頭を垂れた。

「おまえが今、言っているように、わしは己《おのれ》の野心のために、お房を犠牲にしてしまったのかもしれない。だから、お房はあの後ずっとああして独身。関わった相手ときたら、女が男の形《なり》をして近づいてきた、岩田屋の回し者だった。あの時も、わしとお絹はどんなにか、岩田屋が憎く、お房が不憫だったことか。お絹など、お房は、もう男と一緒になるのはこりごりと思っていて、相手が女だと知っていて、心を寄せたのではないかと案じていた。金輪際《こんりんざい》、可愛《かわい》い孫の顔は見られないのではないのかとまで――」

――そうか、そこまで、おとっつあん、おっかさんは、お房のこと、岩田屋からの仕打ちを苦にしていたのか――

そこで桂助は、

「大丈夫、お房はまだ男に懲りてなぞいませんから」

からりと笑って見せた。

「その証《あかし》もあります」

「どうもおまえの真意がわからないな」

長右衛門は首をかしげた。

「そのうちわかりますよ」

「まあ、いいだろう」

「おとっつあんは紬屋さんの主、貞右衛門さんとつきあいがありますね」

桂助は話を切り出した。

「いや」

長右衛門は否定した。

「紬屋は大島紬では並ぶ者はない老舗だ。立派なものだと思っているが、つきあいはない」

長右衛門はむっつりと答えた。

「でも、伊兵衛によれば紬屋も藤屋も権現様の頃からの老舗で、かつては大奥出入りを競ったこともあったということでしたよ」

「つきあいがあったとしたら、先代までだろう」

「ということは、おとっつあんの代になってつきあわなくなったんですね」

「江戸で京の友禅を一手に仕入れているのが藤屋だ。紬を主に扱う紬屋とは、商いで持ちつ持たれつの間柄にはなれないからな」

「だとしても、同業者として、いろいろ取り交わす話だってあるはずですよ」

桂助の言葉に長右衛門は押し黙ってしまった。

「それに何よりおかしいのは、紬屋の太吉さんがお悦さんにと友禅を見立てに通ってきた折、おとっつあんが、京に特注を出そうとしたことです。つきあいがないというのに、そこまで紬屋の矜持《きょうじ》に肩入れするのは得心《とくしん》が行きません」

それでも長右衛門は何も答えなかった。

「藤屋、いや、おとっつあんと紬屋の間には何かがあるんだとわたしは思います。ただ、それが何であろうと、お房の太吉さんへの気持ちを止めることはもうできませんよ」

桂助はきっぱりと言い切った。

「お房が太吉さんに？」

長右衛門は目を瞠った。

「それは本当か」

驚きはしたが、怒ってはいない。

「ええ」

「太吉さんはお内儀さんと子どもさんを亡くして、まだ間がないんだぞ」

「それはその通りですが、太吉さんと亡くなったお悦さんの相性がよかったとは、とても思えません」

「だが、まだ、お房の片想いということもある」

長右衛門は念には念を押した。

「それはないと思います。お房が想いを打ち明ければ必ず――」

桂助はお房の話を告げた。あの後、桂助の言うように、出家を止めるため太吉のもとに行ったお房は、

「兄さんの言う通りだったわ」

幸福そうに頬を染めて、報《しら》せにきたのだった。

「太吉さん、お悦さんと子どもにはできるだけの供養はしたいけど、あたしが自分を想っていてくれるのなら別。そのために、あたしへの想いを諦《あきら》めることはできないって――」

「太吉さんは人柄のいい人です」

桂助は太吉を讃え、

「何より心が優しく広い。きっと、家族や奉公人たちの気持ちを、深く思いやることができるでしょう。お房ときたら、商い上手とはいえ、勝ち気で我が儘なところが沢《たく》山《さん》あります。そんなお房の、足りない部分を補って余りある相手ですよ。太吉さんとお房はまたとない、いい相性のように思います」

藤屋の婿に迎えてはと勧めた。

「わかっている」

長右衛門の額に脂汗が浮いた。

「太吉さんの評判は聞いている。実を言うと、ああいう人柄は、うちのお房の婿にうってつけだと思ったこともあった――」

「ほう、そうだったんですか」

桂助は俄《が》然《ぜん》うれしくなって、

「だったら、もう、この縁組みはまとまったも同然ですね」

当然、長右衛門も同調するはずだと期待した。だが、長右衛門は、

「紬屋は今、それどころではない」

気むずかしい顔で桂助を見据えた。

「お悦さんの実家の質文が、娘と子が死んで、もう紬屋とは縁が切れたのだから、今まで融通した金子《きんす》を返してほしいと言ってきているという、もっぱらの噂だ。このままでは紬屋は借財のかたに、店を質文に取られることになるだろう」

長右衛門は眉間《みけん》に皺《しわ》を寄せたまま、深いため息をついた。

六

「だとしたら、藤屋が紬屋さんを助けてあげたらどうです?」

桂助は言った。

「だが、紬屋さんにも意地がおありなさる」

長右衛門の顔は青いままである。

「それはまた、どうしてです? お房と太吉さんが添えば、藤屋と紬屋さんは縁戚になります。今まで質文がしていたことを、今度は藤屋が引き継がせてもらうだけのことなのに——」

「質文は質屋だがうちは紬屋さんと同じ呉服屋だ。意地というのは同業者としての意地なんだよ」

「だったら、表向き、うちが助けているとわからないように、誰かに頼んで援助してあげてはいかがです？　そして、それが落着して、紬屋さんが落ち着いたところでお房たちの話を進めてはと――」

言いかけた桂助に、

「残念だがそればかりは無理な相談だ」

長右衛門は知らずと腕組みしていた。

「紬屋の貞右衛門さんの意地は固い。突き崩せるものではないよ、縁組みなどもってのほかだ」

桂助は壁の菜の花と菓子盆の中の〝霜紅梅〟とを交互にながめて、長右衛門の顔と向かい合った。

「おとっつあんは嘉祥堂の〝菜の花しぐれ〟が嫌いだそうですね」

「誰に聞いた？」

長右衛門は鼻白《はなじろ》んだ。

「お房です」

「そうか」

長右衛門の額にじわじわと脂汗が滲《にじ》んだ。

「おとっつぁんはおっかさんの好きなものなら、たいていは好きなはずでしょう？　カステーラなんかも無理して食べてる。なのに、どうして、〝菜の花しぐれ〟だけは駄目なんですか」

「〝菜の花しぐれ〟について、おまえが話を聞いたのはお房だけか」

「伊兵衛からも聞きました」

「だったら、どうして、〝菜の花しぐれ〟という菓子が作られたか、知っているだろう」

「ええ」

「わしは何も後悔なぞしているわけではないぞ。わしがお絹のために〝菜の花しぐれ〟を作らせたのだ。〝菜の花しぐれ〟がなかったら、お絹はわしの妻にもならず、可愛いお房も生まれていなかったのだから――」

「とはいえ、胸の痛みはあったのでは？」

「そうだ」

長右衛門は大きくうなずいた。

「お絹は紬屋の貞右衛門のところへ嫁ぐことになっていた。〝菜の花しぐれ〟や文《ふみ》を贈って、お絹の気持ちを貞右衛門から離れさせたのは、このわしなのだからな」

――やはり、〝菜の花しぐれ〟には秘められた痛みがあったのだ。しかし、これと紬屋の主が関わっていようとは――

「それ以来、うちと紬屋は寄合で顔があっても、空々しい挨拶を交わすだけの仲になってしまった」

「太吉さんがお悦さんの晴れ着を注文にみえた時は、さぞかし驚いたことでしょう」

「どうして、うちに来るのかと、不思議に思わないでもなかった。だが、考えてみると、あんなことがあったというのに、紬屋はうちに怒鳴り込んでくるでなし、外に怒りを洩らすこともなく、ずっと同業者としての礼節を守ってくれた。それだけ誇り高い家筋なのだよ。貞右衛門さんは子どもたちにも、この屈辱を話してはいないのだろう。太吉さんは藤屋と自分のところが、まさか、そんな厄介な間柄だとは知らずに、おいでになったのだよ」

「それでおとっつあんは、これ以上、紬屋さんの誇りを傷つけまいとしたのですね」

「京に特注をかけたことを言っているのなら、あれは間違いだった。紬屋には縁組みで、質文の後ろ盾《だて》が出来たと聞いていたから、紬屋さんの台所があそこまでとは思っていなかったのだ。一級の紬を扱う店の若お内儀の晴れ着なら、一級の友禅でなければと、気負いこんだのがいけなかった。心ないことをしてしまったと、こればかりは後悔している」

「まだ癒えていない傷痕《きずあと》に、塩をすりこんでしまったわけですね」

「その通りだ。何とも申し訳ないことをした」

長右衛門は珍しくうなだれた。

――貞右衛門さんは風邪で臥《ふ》せっているということだったが――

桂助は師走に自分が紬屋を訪れた時、あれほどの一大事だというのに、主の貞右衛門が出てこなかったことを思いだしていた。

――藤屋のわたしたちに会いたくなかっただけのことかもしれない――

「だから、これはもうどうにもならない。お房にはまたしても、不憫な思いをさせてしまった。〝親の因果が子に報い〟とはよく言ったものだ。悪いのはすべてこのわしだ」

長右衛門は呻《うめ》くように言った。

その時である。

「そんなことありません」

勢いよく開かれた襖《ふすま》の向こうに、お絹の姿があった。〝菜の花しぐれ〟を盛った菓子皿を載せた盆を手にしている。

「聞いていたのか」

長右衛門は顔を上げた。

「立ち聞きするつもりはなかったのですが、桂助が来ていると聞き、桂助は〝菜の花しぐれ〟なら、幾つでも食べたがったことを思い出して——」

お絹はうっすらと頰を染めた。

「座らせていただきます」

お絹はためらいなく部屋に入ると、菓子皿を桂助の前に置いた。

「あなた、わたしのことを見くびっておいでではありませんか」

「何を言いだすんだ」

「自分お一人が悪いだなんて」

「だが、あの時、〝菜の花しぐれ〟でおまえの心を射止めようとしたのは事実だ」

「それが見くびっている証です。わたしはあなたが思っているほど、食いしん坊ではありませんよ。たしかにあなたが作らせた〝菜の花しぐれ〟は美しく、美味しいものでしたけれど、それだけのことで、わたしはあなたを夫にしたのではないのですから」

「それでは、何が決め手だったのですか？」

桂助は話に加わった。

「あなたがわたしにくださった何通もの文です。覚えておいでですか？」

長右衛門は当惑気味に首を横に振った。

「わたしは取ってあります。よかったら、お見せしてもいいですよ」

「どんな中身でした？」

桂助は身を乗り出した。父が母へ宛てた恋文である。興味が惹《ひ》かれる。

「わたしを菜の花の精のようだと褒《ほ》めてくれて、いつまでも、共白髪になっても、菜の花が似合うままでいられるよう、自分は懸命に働いて藤屋を守り抜いていく、そんな文言が繰り返し書いてありました」

「何も桂助の前でそんなことまで――」

長右衛門は赤い顔でふくれた。

「おや、悪いことでしたか？」

お絹は照れる夫に向かってひっそりと微笑んだ。

「紬屋の貞右衛門さんは文をくれなかったんですか？」

桂助は気になった。

「くださいました。やはり、何通もね。わたしが好きな菜の花を自分も好きだとは言ってくださいましたが、後は商いの話ばかり。江戸一の大島紬について、染めや織りの勘所《かんどころ》、どんな方がお召しになるのかまで、熱心にくわしいお話が書かれていました」

「夫婦になって、この先、おっかさんとどう過ごすかについては書かれていなかったんですか？」

「わたしに江戸一の大島紬についてわからせることが、その代わりだったのだと思いますよ」

「つまりは商いが一番でおっかさんは二番目ということ――」

「ええ、まあ、そうでしょう」

「それで、おっかさんは、おっかさんのためだけに、藤屋を繁盛させるというおとっつあんを選んだのですね」

お絹はうなずいた。

「女にとって、あれは、とろけるような言葉でしたもの」

「ところで、おとっつあん、その時の約束を果たしてきていますか？」

桂助に訊かれた長右衛門は、

「男は狡《ずる》い生き物さ。ああいう時、上手《うま》いことを言うようにできている。お絹にはずいぶん苦労をかけてきた」

渋い顔になった。

「そんなことありませんよ」

お絹は微笑んだ。

「お約束通りで、わたしは幸福でしたよ。ですから、そのために、あなたが苦しんでいるのを見てはいられないのです。お房はわたしたちの子じゃありませんか。わたしたちの命同然です。お房が幸せになることだったら、わたしはどんな恥をかいてもいいと思っています。わたしが紬屋に出向いて、貞右衛門さんに謝ってすむことなら、そうしてもいいとさえ思っているんです」

お絹は固い決意を示した。

「お絹、おまえ、そこまで――」

長右衛門はうなだれた。今度は泣き顔を隠すためである。

お絹はそんな夫に微笑み続けながら、

「あの文のあなたの言葉、今ではとろけるのではなく心に沁《し》みますよ」

と言った。

桂助は壁の菜の花とお絹を見比べた。鬢《びん》に白いものこそ目立ってはいたが、お絹のふくよかな笑顔は、菜の花に劣らず明るく輝いていた。

七

桂助はこのいきさつをお房に伝えなければならなかった。

「おとっつあんは太吉さんのことを何って？」

お房は何よりそれが気になって仕様がない。

「おとっつあんも太吉さんの人柄を気に入っている」

「よかった」

お房は安堵《あんど》の笑顔を見せた。

「わたしはおまえのために出家するのを止《とど》まった太吉さんを、藤屋の婿にと勧めた。そうすれば紬屋を彦治さんに譲ることもできる」

「まあ、兄さん、そんなことまで」

お房は目を潤ませた。

「けれど、今すぐには無理なようだ」

桂助はそろそろ、お房を悲しませる話に移らねばと覚悟した。

「どうして？　おとっつあん、やっぱり、太吉さんが気に入らないんだわ」

お房の頬が膨れた。

「いい人でも婿となると、頼りないって思ってるのよ。たしかに太吉さんはいい人すぎて、商い上手ではないかもしれないけれど、その分、あたしが頑張る。許してくれないのなら、はっきりそう言えばいいのに――」

「お房と太吉さんの相性がいいってことは、おとっつあんもわかっていたよ。前からああいう人が婿であったらと思っていたそうだ」

「本当？」

半信半疑で訊くお房に、

「今すぐ、お房と太吉さんの話を進められないのには、深い理由がある」

桂助は長右衛門から聞いた、お絹をめぐる貞右衛門、紬屋との長きに渡る確執《かくしつ》について話した。

元をただせば、若かった長右衛門のひたむきな恋心のなせるものだったとわかると、

「ふーん、そうだったのね」

お房はしみじみと言い、

「おとっつあんが〝菜の花しぐれ〟を嫌いなのは、そんなむずかしい事情があったの

ね」

「おっかさんへの想いから作らせたお菓子だとは言っても、許嫁だった相手を出し抜くためのものだったわけだからね」

「きっと、苦い味がするのでしょうね」

「だから、これは長丁場《ながちょうば》になる」

「わかったわ、兄さん、いろいろありがとう」

そう礼は言ってくれたものの、いつになく不安でならない表情のお房だったが、何日かして〈いしゃ・は・くち〉にやってきた時には、

「おっかさんをめぐる、おとっつあんと太吉さんのお父さんのこと、太吉さんに話してみたのよ。そうしたら太吉さん、親子だから、おとっつあんたちの事情と自分たちのことは、関わらずにはいられないところもあるにはあるのだろうけれど、関わりがないところもある、それは、わたしへの想いだって、そして、時が経《た》って変わるような、いい加減なものじゃあないって――。わたしも同じ気持ちだわ」

すっかり晴れた顔になっていた。

「わたしたち、共に手を携えて、大変な事情を乗り越えようということになったの。太吉さん、折を見て、お父さんの貞右衛門さんに話してみるつもりだって。わたしも

そうするつもりよ」

——よかった——

安堵して桂助が幸福そうなお房を見送ったのもつかのま、何日かして、早朝、まだ、夜も明けきらぬうち、

「若旦那様、若旦那様」

戸口を叩く伊兵衛の大声が聞こえてきた。

「どうしたんです？」

戸を開けると、伊兵衛の横には青い顔のお絹が並んでいる。後ろには二人が乗ってきた駕籠《かご》が見えた。

「桂助——」

お絹は桂助の顔を見るなり、ぐらりと倒れかけた。

「おっかさん」

桂助はあわてて支え、

「寒いですから、早く中へ」

二人を居間へと招き入れて、すぐに長火鉢に火をおこした。

崩れるように座ったお絹は、

「旦那様が、おとっつあんが、昨日から帰ってこないのです」

　震える声で言った。

「どういうことです？」

　桂助は伊兵衛の方を見た。伊兵衛の顔もお絹と同じくらい青い。

「わたしが存じていることを申し上げます。明け方、わたしは家でまだ休んでおりましたが、藤屋から使いの者が来て、すぐに店まで来るようにと言われました。店に行ってみると、お内儀さんが〝旦那様が昨日から戻ってこられない〟とおっしゃったんです。昨日、お内儀さんから、〝旦那様は風邪気味で臥せっておいでです〟と聞いていたので、まさか、お出かけになっていたなんて、わたしには寝耳に水でした」

「大番頭の伊兵衛なら、おとっつあんがいつ、どこへ行くかを知っているはずだね」

「ええ。お知らせいただいているとばかり思っておりましたが」

　伊兵衛は困惑気味にお絹の方を見た。

「誰にも知らせず、一人で行きたいと旦那様はおっしゃったんです」

　お絹は口を開いた。

「これはわたしたちの命、お房の大事に関わることだからと――」

「おとっつあんは紬屋の主、貞右衛門さんと膝を交えようとしていたのですね」

桂助が言い当てると、お絹は、

「互いに可愛い子どものことなのだから、折り合うことができるはずだと、旦那様は言ってくださいました」

と涙した。

そこで桂助は〝菜の花しぐれ〟にまつわるいきさつと、太吉とお房が好き合っている話を、伊兵衛にも話して聞かせた。

「そうでしたか。それでやっと、旦那様やお内儀さんのなさり様がわかりました」

伊兵衛は神妙にうなずいた。お絹は先を続けた。

「わたしたちは貞右衛門さんに文を差し上げました。子どもたちのことを持ち出す前に、まずはあの時のことを詫《わ》びるのが先だと思ったのです。旦那様は許嫁のわたしを奪ったことを詫び、わたしは約束を反古《ほご》にしたことを心から詫びたのです」

「文は貞右衛門さんの心に通じたようですね」

そうでなければ、長右衛門と貞右衛門が会う機会など、訪れることはなかったはずである。

「ええ。一昨日、貞右衛門さんから会って話がしたいという文が届いたのです」

「その場所は？」

「向島の紬屋の寮です。誰にも告げず、誰の目にも止まらぬようにと、その文には書かれていました」

「それでおとっつあんはそのように従ったのですね」

「そうです。わたしたちは、貞右衛門さんが会ってくれるというだけで有り難いと思いました。これでやっと道が開けたと——」

「せめて、わたしにだけはおっしゃってくださっていれば」

伊兵衛が口を挟んだ。

「たとえ、寮の草むらに隠れて野宿をしようとも、旦那様を一人でなぞ行かせはしなかったものを」

「そうでしたね」

お絹は伊兵衛に詫びるように言った。

「あの時、おまえにだけは言っておくのでした。けれども、あの時は、貞右衛門さんの文の通りにしなければ、今すぐ、お房の幸福が飛んで無くなってしまうような気がしたのです」

「ところで、おっかさん、その文の字は確かに貞右衛門さんの字でしたか？」

桂助は訊いた。

「誰にも告げず、誰の目にも止まらぬようになどと書いてくる相手を、少し変だとは思わなかったのですか？」

「旦那様は文で、詫びるだけではなくせめての罪滅ぼしに紬屋を助けたい、ひいてはそちらの宜《よろ》しいように計らいたいと書いたのです。よいようにというのは、あちら様が体面を気にするのであれば、藤屋という名を伏せて、援助させていただきたいという意味です。ですから、そのことと関わって、誰にも告げず、誰の目にも止まらぬようにと紬屋さんが書いてきても、わたしたちはおかしくは思いませんでした。それに、あの達筆はたしかに貞右衛門さんのものでした」

「なるほど」

桂助は納得したが、

「けれど、不審な文ではなかったとすると、どうして、おとっつあんは向島から戻ってこないんです？」

「もしかして、向島で何かあったんじゃあないかと――」

お絹はさらに青ざめた。

「貞右衛門さんの文には、わたしたちを許すとは書いてありませんでした。貞右衛門さんが今でも、わたしや旦那様を憎んでおいでだとすると、旦那様は今頃――、ああ、

「お内儀さん、しっかりしてください。何もまだ行方が知れなくなったと、決まったわけじゃありません。今頃、店の方にひょっこり戻っておられるかもしれませんし」

伊兵衛は助け起こして慰めたが、お絹は泣き崩れるばかりである。

戸口を叩く音が聞こえた。

「若旦那、ここをお願いします」

伊兵衛は立ちあがり、代わって桂助がお絹を労《いたわ》った。

「わたしが、一人で行かせてしまったわたしが悪いのよ、わたしが――」

と泣きじゃくるお絹に、

「おっかさんのせいなんかであるものですか」

桂助は言い続けた。

八

戸口から戻ってきた伊兵衛は、

桂助を廊下に呼んだ。緊張した面持ちで桂助は、

「若旦那、ちょっと」

探るように伊兵衛を見た。伊兵衛の目に怯《おび》えが走っている。

「何か──」

「実は──」

伊兵衛は桂助の耳に自分の口を寄せた。

「お内儀さんに内緒で、店の者を向島の紬屋の寮へやりました。帰ってきた者の話では、寮には旦那様も紬屋さんもおられなかったそうです──」

桂助は伊兵衛を凝視した。伊兵衛は話を続けた。

「どこをどう探してもお二人はおいでにならなかったと──。ただし、旦那様がそこにおいでになっていたことだけは確かで、その者がこれを見つけてきました」

伊兵衛は襟元《えりもと》をくつろがせて、長右衛門の持ち物である印伝《いんでん》の煙草《たばこ》入れを覗《のぞ》かせた。

「となると、おとっつあんの行方を知る手がかりは無しだね」

桂助はお絹に聞こえないように伊兵衛の耳元に囁《ささや》いた。

「今、江戸中の駕籠屋を当たって、旦那様が乗っておいでになった駕籠かきを探しております。旦那様は待たせていたはずですから、何か知っているかもしれません」

伊兵衛はまたしても桂助の耳に口を寄せた。

――しかし、おっかさんを案じての隠し立てもほどほどにしておかないと、かえって、ああなのではないか、こうなのではないかと、悩ませることになる――

そう判じた桂助は、

「おっかさん、わたし、今から向島へ行ってみることにします」

とお絹に言った。

「まあ、桂助、あなたがおとっつあんを探しに行ってくれるのね」

お絹はほっとした顔をした。

「ですから、おっかさんはわたしが戻るまで、ここで待っていてください」

桂助は一路向島へと向かった。湯島から向島となると、猪牙《ちょき》を頼むのが最も速い。酒手をはずみ、眠そうな船頭の尻を叩いた。神田川を下り、柳橋を過ぎると左折して、大川を遡る。早春の冷たい風が吹き抜けていく。

吾妻橋をくぐり水戸様の下屋敷を過ぎると、三囲《みめぐり》神社の木立が見えてきた。竹屋の渡しで猪牙を下り、少し歩くと紬屋の寮である。

紬屋の寮の前はいちめんの菜の花畑であった。

――貞右衛門さんのおっかさんへの辛く秘めた想い――。貞右衛門さんはこれをおとっつあんに見せたくて、ここへ呼んだのだろう。だとしたら、やはり――

貞右衛門の恨みは失せていないように思われた。

――だとしたら――

何やら、不吉な思いが心をよぎった時、

「先生」

後ろからの声に振り返ると、下っ引きの金五と同心の友田達之助が立っていた。二人は八丁堀から歩いてきたようである。

「藤屋か」

友田は寒そうに袖《そで》の中に手を突っ込んでいる。

「ここに何の用か？」

ぎろりと目を剝《む》いた友田を、

「友田様がおいでとは、ご詮議の筋ですね」

桂助はするりと躱《かわ》した。

「明け方まだ暗いうちに投げ文が番屋《ばんや》にあったのだ。文には紬屋の寮で主が殺されていると書かれていた」

「なるほど、それで」

桂助はうなずいたが、

――紬屋の寮には誰もいないはずだが――。それにしても、いったい、誰がそんな投げ文をしたのだろう――

伊兵衛に命じられて、ここへ見に来た藤屋の者たちでないことは確かであった。

「先生も菜の花ですかい?」

金五が言った。一見、手足が蚊《か》とんぼのように長いだけで、何の取り柄《え》もなさそうな金五だったが、優れた観察眼の持ち主であった。

「さっき、向かいの菜の花畑をじっと見てたからさ」

「そうなんです」

桂助は金五に感謝したくなった。

「菜の花はおっかさんの好きな花で、ここがたいそう見事だと聞き、たまには親孝行したいと朝摘みに来たんですよ」

「菜の花など、何もここでなくともあるだろうに」

友田は訝《いぶか》しげに言ったが、

「まあ、よい。そんなわけだから、わしたちはここを調べる」

金五に目配せすると、踏み石を歩いて、寮の中へと入って行こうとした。

「お願いがありまして」

桂助は友田の背中に声をかけた。

「何だ？」

「実を言うとこの菜の花畑のことを教えてくださったのは、紬屋のご主人なのです。その方が殺されていると聞いて、わたしも何かのお役に立てないかと――」

「そりゃあ、いいよ。どうせ、友田の旦那は、後で、先生に詮議の相談に行くんだから。何しろ、先生は謎解きの名人だから」

にっこりした金五を、

「おまえが決めることではないぞ」

友田は睨みつけたが、

「まあ、おぬしがどうしてもと言うのなら、同道させてやる」

恩着せがましく言った。

「ありがとうございます」

桂助は二人に付き従った。

中に入ると、三人は手分けをして、紬屋貞右衛門の骸《むくろ》を探した。だが、そんなものはどこにもなく、桂助が客間に入った時、菜の花を描いた大きな絵屏風《えびょうぶ》を朝日が照らし出していた。絵屏風は座敷の中ほどに立てられていて、畳の上に菜の花畑が広がっているように見えた。

桂助は、絵屏風と畳の上に目を凝らした。絵屏風の縁に白い粉がべったりと付いている。畳の上には血反吐《ちへど》の跡があった。

「そいつはたぶん、鼠《ねずみ》取りの毒薬だよ」

気がついた金五が怯えた声を上げた。

友田が絵屏風の後ろに回った。酒の入った大徳利と〝石見《いわみ》銀山鼠取り〟と書かれた赤い包みがある。

「貞右衛門が殺されたのだとしたら、この毒によるものだろうが、骸がないのはどうしてか？」

友田は首をかしげた。

桂助はもう一度、絵屏風の菜の花を見た。咄嗟《とっさ》に、

――これは誰かが、わざとしたことだ――

と思い、

「手がかりは菜の花畑かもしれません」

三人はまばゆい菜の花畑を抜けて川辺まで歩いた。途中、何も見つからなかった。

「藤屋、なぜ、骸が消えたか、思いつかぬか」

友田に訊かれたが、

「すみません、何が何だか、今回ばかりは皆目《かいもく》見当がつきません」

桂助は頭を垂れた。

「何、口ほどにもない」

友田がなじると、

「先生は自分で自慢なんてしてないよ」

金五は唇を尖らせた。

桂助は友田たちと別れ、〈いしゃ・は・くち〉に戻った。待っていたお絹に、酒や毒があったことは知らせず、

「紬屋の寮には、もう、おとっつあんも貞右衛門さんも居ませんでした」

とだけ告げ、駕籠を頼み、伊兵衛と共に藤屋へ帰した。その際、桂助は気の鎮《しず》まる煎《せん》じ薬を伊兵衛に渡して、

「これを煎じておっかさんに飲ませておくれ。おっかさん、寝ていないようだから、少しは休まないと身が持たない」

とお絹の身体を案じるのを忘れなかった。厨《くりや》の竈《かまど》には釜と鍋がかかっていた。お絹が支度してくれていったのだろう、飯が炊けていて、鍋には葱《ねぎ》の味噌汁の朝餉が出来ていた。桂助がいつもより遅い朝餉の膳に向かっていると、

「ご免」

戸口でまた声がした。

「橋川様《はしかわ》でしたか」

橋川慶次郎《けいじろう》が立っていた。

「今日はそなたがさくら湯へ治療に行く日ゆえ参上した。以前のような危ないことがあってはならぬからな」

「そうでしたね」

桂助は今日がさくら湯への出前治療の日だったことを、忘れていたわけではなかった。お絹と伊兵衛がやってくるまでは覚えていた。長右衛門が行方不明だと報されて以降、すっかり動転してしまっていたのであった。

「まあ、お上がりください」

今日は引き続き、長右衛門の行方を探さなければならなかった。とても、さくら湯

へ治療に出向くどころではない。

——とはいえ、橋川様とはそう親しい間柄ではない——

桂助は今の事情をどう説明したものかと、戸惑《とまど》っていた。

九

「今、茶を淹《い》れましょう」

桂助が長火鉢から鉄瓶を取り上げようとすると、

「桂助さん、いるかい？」

戸口で鋼次の声がした。

「あの声は房楊枝作りだな。そろそろ来ると思ったが」

慶次郎と鋼次はすでに顔馴染《かおなじ》みであった。桂助の身に何かあってはいけないと、鋼次は毎度、日本橋小伝馬上町《こでんまかみ》にあるさくら湯まで付いてくるのである。

「ふーん、あんたか」

鋼次はにこりともせずに慶次郎をじろりとながめた。

「来たり来なかったり、あんたは気まぐれだな」

慶次郎はさくら湯までの道中、毎回、桂助の警護をしてくれるわけではなかった。

また、治療に出向いたさくら湯に、慶次郎が来ていないこともあった。

「桂さんを守ると言いだしておいて、いい加減な奴《やつ》だ」

と腹を立てる鋼次を、

「それなりのご事情がおありなのですよ」

桂助はなだめるのが常であった。

「まあ、せっかくおいでになってくださったのですから」

この時も桂助は鋼次をなだめながら、

――鋼さんもさくら湯へ付いてきてくれるつもりだ。はて、何と言ったものか――

さらに戸惑っていると、

「おや、桂さん、もう昼餉かい？」

鋼次が桂助の膳に目を止めた。

「たしかにそろそろ昼だな」

慶次郎はそわそわした様子になって、

「この間は、ここに居た見目形《みめかたち》のいい年増が昼をもてなしてくれた。塩味のほどよい美味《うま》い握り飯だったぞ。その女子《おなご》は今日も居るのか？」

厨の方へ長い首を伸ばした。

「今日は居ねえよ」

鋼次はつっけんどんに答え、

「それに金輪際、志保さんを年増だの、女子だのとは言ってもらいたかねえ」

と怒鳴った。

「これはすまぬ」

慶次郎は首をすくめた。

「志保とやらに、房楊枝作りが想いをかけているとは知らなかった」

真《ま》っ赤《か》になった鋼次は、

「な、何も俺はお、想いなんぞかけちゃいねえ。つまんねえことを言うと、たとえ叩き斬られても、許さねえぜ」

両手の拳を固めた。

「鋼さん、ムキになってはいけません」

桂助は鋼次の前に立ちはだかった。

「橋川様に悪気はないのですから」

「悪気がねえのに、どうして、人の気に障《さわ》ることばかり言うんだい」

「それは――」

　桂助は慶次郎の顔を見た。

「橋川様が女子の方々に並々ならぬ興味をお持ちだからでしょう」

　すると慶次郎は、

「気に障ったのだったら謝る、ほれ、この通りだ」

　鋼次の前に首を垂れた。

「まあ、仕方ねえ」

　鋼次は固めた拳を開いた。

「よかった」

　桂助はほっと息をつき、

「さて、昼近くとあれば二人ともお腹が空《す》いておられるでしょう」

　厨へと席を立って、二人のための膳を調えて戻ってきた。

　すぐに箸を取った慶次郎は、

「飯が温かい」

　とまず感動して、

「温かい飯にありつくことなど滅多にないことだ」

しみじみと言った。

慶次郎の言葉に鋼次は、

――温けえ飯が珍しいなんて、こいつ、変なこと言うな。がつがつ美味そうに食ってるし、旗本の息子だというけれど、いってえ、どういう暮らしぶりをしているのやら――

急に慶次郎を憎めなくなってきたが、

――ようはよくわからねえ奴だってことだ。こいつに仏心は禁物だ――

慶次郎に負けじとばかりに、懸命に茶碗の飯をかきこんだ。そして、一息ついたところで、

「ところで桂さん、今日の味噌汁は味がいいが、志保さんの味とは違う。いつの間に桂さん、味噌汁をこんなに美味く拵《こしら》えられるようになったのかい？」

と訊かずにはいられなかった。

――何と答えたものか――

桂助はこの手の嘘《うそ》が苦手であった。

味噌汁は母が作ってくれたもので、さっきまで母の絹が来ていたことを告げた。

「おっかさんが朝から来てたのか。そりゃあ、今までにねえ珍しいこった、藤屋で何

かあったのかい？」

鋼次は勘がよく働く。

それで仕方なく、

「実は――」

長右衛門が行方不明になったいきさつを粗方《あらかた》話した。

「大店の主ともあろう長右衛門さんが、人目につかねえようにして、店の誰にも、行き先を告げずに出てったあてえのは、腑に落ちねえな。そんなことってあるもんなのかい」

首をかしげた鋼次に、

「いや、おっかさんは知っていたんですよ」

桂助が付け加えると、

「ほう、そなたの家は大店だったのか」

慶次郎は別段感心したようでもなく、

「すると、そなたの両親は揃《そろ》って、抜け荷とかの大それた悪事に関わっていたかもしれぬのだな」

桂助も鋼次も思いもつかない想像をめぐらせた。

桂助は呆気《あっけ》にとられるだけだったが、

「あんたねえ」

鋼次は目を三角にした。

「よく桂さん相手にそんな口がきけるもんだねえ、桂さんは、桂さんは世が世なら——

——」

「鋼さん」

あわてて桂助は鋼次の暴走を制し、

——ここまで話した以上、仕方がない——

長右衛門が紬屋貞右衛門と会うに至った経緯を、今度はくわしく話した。

「お房ちゃん、またしても辛い目に遭ってるのか、可哀想《かわいそう》に」

鋼次は我が身に照らし合わせてしんみりしたが、

「ふーん、そなたの父親と紬屋とかいう呉服屋が恋仇だったとはな。女をめぐる男の闘いは、双方一歩も退かぬのが男の性《さが》ゆえ後を引くものだ」

慶次郎は興味津々《しんしん》で膝をすすめ、

「それにしても、二人の男が争ったというそなたの母御は、さぞかし美形であろう」

などとも言った。

「ったく、女の話となると達者《たっしゃ》なんだから」

鋼次はちぇっと舌打ちして、

「それより、桂さんはおとっつあんの行方が心配でならねえんだよ。あんたも少しは長右衛門さんのことを、案じて考えてくれてもいいんじゃねえのかい」

慶次郎に詰め寄った。

「そうであったな。不謹慎であった。これは失礼した」

慶次郎は詫びたが、

「ただ、どこでどうしていると訊かれても――」

とたんに覚束《おぼつか》なくなった。

「頼りになんねえな」

鋼次がなじると、

「毒と酒が見つかって、番屋に貞右衛門の骸があると届け出があったからには、届けたのは長右衛門で殺したのも長右衛門なのではないかと思う」

「何を言いだすんだよ、この唐変木《とうへんぼく》」

鋼次はいきりたったが、

「まあ、鋼さん、橋川様のお話を最後まで聞こう」

桂助はなだめた。しかし、その顔は青い。慶次郎は先を続けた。

「娘の不幸は自分のせいだと思い詰めている長右衛門は、いくら頼んでも、若い二人のことを許さない貞右衛門を、用意してきた石見銀山鼠取りを酒に混ぜて毒殺。反対する貞右衛門さえいなければ、二人は夫婦になれる」

「そこまではもしやと、わたしも考えていたことでした」

桂助は青ざめた顔のままうなずいた。

「ただし、そうだとしたら、どうして父がこの場から逃げたりしたのか、どうしてもわからないのです」

「長右衛門は死を覚悟していたものと思う。貞右衛門の後を追うことも考えたはず。それで、すぐ番屋に文を届けさせた。しかし、気が変わった。自分が罪を認めてしまったら、大店の商いは取り潰される。二人に店を継がせることはできず、貞右衛門を何のために殺したのかわからない。それで、貞右衛門の骸をどこぞに隠して逃げた。いくら奉行所でも骸なしでは、誰も下手人《げしゅにん》にはできぬと考えたのだ」

「そんなことあるもんか、あの立派な長右衛門さんに限って、人を殺《あや》めるなんて、そんなこと」

鋼次は必死で首を横に振り続けたが、

「なるほど」

桂助はうなずき、

「父のいなくなった理由が思い当たらなかったのは、きっと、おぞましいいきさつを考えたくなかったからです。たしかに、父の失踪には、今、橋川様がお話しくださったような可能性もありますね。明晰《めいせき》に教えてくださり、ありがとうございました」

沈んだ口調で述べた。

十

「ごめんください」

訪《おとな》う声が聞こえてきた。

「俺が出るよ」

鋼次が代わって戸口へ向かった。

立っていたのは藤屋の丁稚《でっち》で、日本橋から走り通してきたのだろう、はあはあと肩で荒い息をしている。

「三助《さんすけ》と申します。大番頭さんからのお使いで来ました」

何やら胸騒ぎがして案じられ、鋼次の後を追ってきた桂助は、

「伊兵衛が何を？」

汗まみれの三助の顔をじっと見据えた。

「今すぐ、藤屋へおいでいただきたいとのことです。ほどなく、駕籠がまいります」

「いったい何が──」

「申しわけございません、わたしは用向きについては報されていないので」

すると話を聞きつけて出てきた慶次郎が、

「奉行所は来ていたか？」

と三助に訊いた。

「はい。少し前、藤屋に南町同心の友田達之助様がおいでになりました」

「まさか──」

桂助はぎょっとして、

──橋川様のお話の通りだとしたら、おとっつあんは今頃──

一度は逃げのびようと考えたものの、やはり、貞右衛門を殺した罪に戦《おのの》き、自らを恥じて、石見銀山鼠取りを呷《あお》って果てている長右衛門の姿が目に浮かんだ。

「どこかへ拐《かどわ》かされていた長右衛門さんが見つかったのかもしれないよ、きっと」

鋼次は励ますように言った。

「見つかるには見つかっても、下手人でお縄になったのかもしれぬぞ」

そんな慶次郎を鋼次は睨み据えて、

「あんたには人を思いやる心ってものがねえのかよ」

大声を上げた。

「それがしは、あり得ることを言ったまでのことだが――」

またしても慶次郎は当惑顔で首をすくめた。

「そうでしたか、友田様がおいでになったので、伊兵衛がわたしを呼んでいるのですね――」

――これは只事ではない。けれども、向島で会った友田様にはおとっつあんのことなど、小指ほども洩らしていない。どうしたことか――

桂助が駕籠に乗り込もうとすると、

「俺も藤屋へ行くよ」

鋼次は気が気でない様子で言った。

「それは有り難いことですが」

――鋼さんを巻き添えにはしたくない――

「鋼さんはさくら湯に行って、わたしが今日は治療できないことを伝えてください」

言付《ことづ》けを頼もうとしたのだったが、

「さくら湯への断りなら、それがしが請け負おう」

慶次郎が申し出て、結局、鋼次は桂助の後を追うことになった。

駕籠は藤屋の裏木戸に着けられた。伊兵衛が今か、今かと、裏木戸を開けて待っていた。桂助が駕籠から下りると、

「若旦那様」

駆け寄ってきた。

「友田様がみえてお内儀さんが――」

伊兵衛は言葉を詰まらせた。

「おっかさんに何があったんだ?」

桂助の問いには答えず、

「まずはお内儀さんをお見舞いください」

目を伏せたまま伊兵衛は勝手口を開けた。

桂助は廊下を急いだ。お絹の部屋は日当たりのいい南側にある。

「おっかさん」

障子《しょうじ》の前で声をかけると、

「兄さん」

開いた障子の隙間からお房が顔を出した。

「今、おっかさん、眠ったところなの」

普段はお絹譲りの明るさが溢《あふ》れているお房の顔が暗い。

「わたしの出した薬がきいたのだろう」

「そうじゃあ、ないのよ」

お房は障子の隙間を広げた。布団に臥して眠っているお絹と、近くに座っている佐竹道順の後ろ姿が見えた。佐竹道順は志保の父で、藤屋の主治医でもある町医者だった。

「おいでになりましたか」

道順は桂助を振り返った。大きな蝦蟇《がま》を思わせる、べったりと顔の横幅が広い道順は、小町と謳《うた》われた娘の志保とは、正真正銘の親子なのだが似ても似つかない。

「何やら、気に障ることがおありのようで、たいそう気が立っておいででしたので、そちらの処方した煎じ薬では効き目が薄いと判じ、少し強めの薬を処方し、やっと気を鎮めていただいたところです」

道順は額に流れ出た冷や汗を手で拭《ぬぐ》った。

桂助は寝姿とはいえ乱れに乱れて、肩にまでほつれかかっているお絹の髪を見つめた。

——よほど、おっかさんは大変だったのだ——

「兄さん、ちょっと」

お房が桂助の袖を引いた。

「話があるの、おっかさんのことで」

「わかった」

二人はお絹を道順に任せて廊下へ出た。

「おっかさんに何があったんだ？　いなくなったおとっつあんのことで、気が揉《も》めているのはわかっていたが——」

——とても、それだけのようには見えない——

桂助は眠っているお絹の細い顔が、時々、苦しげに歪むのを見逃していなかった。

「おっかさん、実はこれでさっき」

お房は袂《たもと》から握り鋏《ばさみ》を取りだして見せた。

「自分の喉《のど》を突こうとしたのよ」

「そんな——」

桂助は言葉に詰まった。

「一緒に友田様の話を聞いたあたしが、おっかさんの様子が変だと気がついて、部屋まで後をつけていなければ、きっと取り返しのつかないことになっていたわ。あたし、おっかさんからこれを取り上げるために取っ組み合ったのよ」

気がついてみると、お房の髪も多少乱れている。

「おっかさん、悪いのは自分だから、生きてはいられない、死んでおとっつあんにお詫びをするんだって、泣くは喚《わめ》くは、もう大変だったの」

お房は乱れた髪を撫でつけながら言った。

「友田様のご用は何だったのだ？」

「友田様はおとっつあんを捜しにきたのよ。何でも向島で起きた人殺しのことで、訊きたいことがあるのだとか——。いいのよ、兄さん、今更、あたしに隠さなくても。おとっつあんがあたしたちのために、紬屋さんに会いに行ったってこと、おっかさんから聞いて、もう知ってるんだから」

お房は気丈に言い切った。

「もしや、おとっつあんは疑われているのかい?」

無言のままお房は目を伏せた。

「友田様のお話では物乞いの老爺《ろうや》が、ついさっき、向島でおとっつあんと一緒だった、紬屋さんの着物を届けて来たんですって。その物乞いはおとっつあんと紬屋さんが、菜の花畑を歩いている姿や、争っている声を耳にしたと言っているそうなの」

「紬屋さんが殺されたというからには、骸は見つかったのだろうね」

「さあ、そこまではわからない。けれど、見たって言う人がいる以上、おとっつぁんが紬屋さんを殺めたにちがいないって、友田様は息巻いてたわ」

言い終わったお房は肩を落とした。

「もし、本当におとっつあんがそんな恐ろしいことをしたのだとしたら、おっかさんのせいじゃない、あたしのせいよ。あたしさえ太吉さんを好きになったりしなければ——」

涙ぐむお房に、

「今度のことは誰のせいでもないよ。ただの災難さ。第一まだおとっつあんの行方もわからないのに、あれこれ、自分を責める必要はない。わたしはおとっつあんを信じる。どんな事情があるにせよ、おとっつあんは人を殺めるような人じゃない、絶対にありえない」

と桂助は言い切った。

――橋川様のお話の見事な辻褄《つじつま》に、ついもしやとおとっつぁんを疑う気持ちが頭をもたげたが、これはもう辻褄や可能性などという問題ではない。家族のわたしたちがおとっつあんを信じなくて、どこの誰が信じるというのか――

心の中を〝信じる〟という一念が、清風のように吹き通るのを感じた。

お絹の部屋に戻って、苦しい表情で眠り続けている母親を見守っていると、

「鋼次さんがみえています」

と伊兵衛が告げに来た。

客間の襖を開けると、

「桂さん」

鋼次が腰を浮かせた。

「伊兵衛さんからおおよそのこと、おっかさんや友田様の話は聞いたよ」

――これだから困る――

桂助はちらりと咎《とが》める視線を伊兵衛に投げた。最初のうちこそ反《そ》りの合わなかった伊兵衛と鋼次だが、ふとしたいきさつから心を通わせ合い、今では二人の仲がいいこ

と、この上なかった。

「お話ししたのはまずかったでしょうか？　鋼次さんと若旦那は切っても切れないお友達同士で、だとすれば、わたしたちと鋼次さんも切っても切れぬご縁、お身内同然、こうして案じておいでくださった以上、お話しするのが筋だと心得ました」

伊兵衛の言葉に、

「そうだともさ」

鋼次は威勢のいい相づちを打った。

「俺は桂さんのためだけじゃねえ、藤屋のためにだって命を張れるぜ」

――有り難いが苦しい――

桂助は心の中で呟《つぶや》いた。

十一

「友田様は藤屋がおとっつあんを匿《かくま》っていると疑いながら、ここを家捜ししようとはしなかったのかい？」

桂助は伊兵衛に訊いた。

「廊下に立って、離れの方を見ていらっしゃいましたが、そこまではなさいませんでした。権現様からの老舗で、大奥にまでお出入りを許されているこの藤屋に、一目置《いちもく》いてくださっているからでしょう。とはいえ、友田様は旦那様が見つかるまで、ここへ通うと、厳しくおっしゃっておいでした。明日また、おいでになるでしょう」

「そんなことをされたら、相手になるおっかさんはまいってしまうだろう」

「お内儀さんがあのような振る舞いをされたのは、友田様がお帰りになったすぐ後でした」

「そうだったね」

「友田様には、お内儀さんの代わりにお嬢様が会うとおっしゃっています」

「あのお房が」

桂助はお房の健気《けなげ》さに胸が打たれた。そしてはっと気づき、

「気になることがある」

鋼次と伊兵衛を客間を残し、桂助は母の部屋へと急いだ。

「お房」

部屋の前にお房の後ろ姿があった。お房はしゃがみこんで背中を震わせている。

「何をしているんだ」

桂助はお房の前に回って声をかけた。

「兄さん」

お房が涙で濡れた顔を上げた。お絹から取り上げた握り鋏を手にしている。

「おとっつあんが太吉さんのお父《とう》様を殺めてしまったのだとしたら、あたしたち、もう決して、一緒にはなれない。あたしにとっておとっつあんが大事なように、太吉さんにだってかけがえのない人のはずだもの。だから、あたし、もう生きていても苦しいばかりで、仕様がない気がしてきて」

お房は鋏を取り落とし、桂助の胸に飛び込んで泣きじゃくった。

「思い詰めてはいけないよ」

桂助は優しく妹の肩を撫でて、

「今のお房の言葉を聞いて確信した。おとっつあんは断じて、太吉さんのお父さんを殺していない。貞右衛門さんを自分の手にかければ、残されたお房が太吉さんのためにどれだけ苦しむか、おとっつあんならわかっていたはずだから。お房が傷つくとわかっていることを、おとっつあんがやってのけられるわけがない。お房、おとっつあんを信じるんだ」

と続けた。

「兄さん、本当に？」

　お房は泣き濡れた目で桂助を見つめた。

「今におとっつあんは帰ってきて、立派に身の証を立てるだろう。そうなればきっと、おまえと太吉さんの行く末も開けるにちがいない」

　桂助は諭しながら、妹の落とした鋏を取り上げた。

「これはわたしが預かっておくことにするよ」

　握り鋏を袂に入れて、客間に戻った桂助は、

「今からわたしは、おっかさんやお房の代わりに、友田様とお話ししてこようと思います」

　と言った。

「若旦那様がおいでになってくださるんですね」

　伊兵衛はほっと安堵して、

「それは何よりです。どうか、よろしくお願いいたします」

　深々と頭を下げた。

　その時である。

「橋川慶次郎様とおっしゃるお武家様がおいでになっておられます」

手代の一人が告げに来た。

「何でも、若旦那様や鋼次さんとお親しいご様子で。さくら湯で言付けを伝えた後、お立ち寄りなったとのことです」

「お知り合いですか？」

伊兵衛は桂助に訊いた。

「桂さんの後をついて回っている金魚のフンみてえな奴だよ」

代わりに鋼次が答えた。

「伊兵衛、上がっていただいておくれ」

「わかりました。お連れしましょう」

伊兵衛は橋川慶次郎を伴って、客間に戻ってきた。

慶次郎は、

「こちらへまいったのは、それがしでも役に立つことがあるかもしれんと思ったのだ」

意外に殊勝《しゅしょう》なことを言った。

「そのお心、有り難く思います」

桂助は慶次郎に礼を言うと、

「ところで、おとっつあんを向島まで乗せた駕籠は見つかりましたか？」

気になっていた駕籠について伊兵衛に訊いた。

「まだです、すみません、四方八方、手を尽くして探してはいるのですが」

「その駕籠について、おっかさんは何か言っていませんでしたか？」

「紬屋さんからの文には、駕籠を回すから、それに乗って向島まで来るようにと書かれていたそうです」

「紬屋さんにはどこの駕籠屋か訊きましたか？」

「はい。貞右衛門さんが向島へ行く時の駕籠は、仙足屋《せんぞくや》という出入りの駕籠屋に決めているから、たぶんそこの駕籠だろうということにはなったのですが、なかなか見つかりません。何か気がかりなことでも？」

伊兵衛は不安げに問い返した。

「もしかして、探してもその駕籠は、見つからないかもしれないと思ったのです」

「それはまたどうしてでございましょう？」

「駕籠も向島行きのことも、前もって、仕組まれていたのだとしたら――」

「まさか」

伊兵衛と鋼次は同時に口走って顔を見合わせた。

「ご冗談でございましょう」

伊兵衛は取り乱し、

「またかよ」

鋼次の顔は引きつった。

桂助も緊張の面持ちである。一人、蚊帳《かや》の外の慶次郎だけがぽかんとした顔をして、呆気にとられていた。

「何だ、何だ、どうしたというのだ」

「この件に岩田屋が関わっていないとは言い切れません」

桂助は静かにその名を口にした。

「だとしたら、おとっつあんは危ない目に遭わされているに違いないのです。友田様に話をお聞きして、早く、見つけ出さなければ」

桂助が勝手口へと向かうと、

「俺も一緒に行く」

一も二もなく、鋼次は追いかけてきた。

——また、こうして、鋼さんを巻き込んでしまう——

桂助は苦い思いであった。

しかし、当の鋼次は、

「あんたも行くだろう?」

慶次郎を促した。

「ここまで急場の話を打ち明けたんだぜ」

「行くというのは奉行所か?」

慶次郎はびくびくと訊いた。

「そうに決まってら」

「友田様が普段おいでになるのは番屋ですよ」

伊兵衛が口を挟むと、

「番屋とやらであっても、友田というのは奉行所の役人なのだろう?」

「当たり前《めえ》だよ」

鋼次は慶次郎を叱りつけた。

「おい、行くのか、行かねえのか、はっきりしろよ、唐変木」

「役人というのはいろいろな事情にくわしかろう」

「特にくわしいのは咎人と決まってるがな」

鋼次は意地悪い口調で言った。

すると、慶次郎は急にしゃんと背筋を伸ばし、やや大きめの顎《あご》を引いて、

「それがしは役人と奉行所が苦手である、好かぬことははなはだしい」

と居丈高《いたけだか》に言い放つと、

「それではこれにて失礼」

立ち上がって、そそくさと廊下を渡り、店から出て行った。

「何だよ、あいつ」

舌打ちした鋼次に、

「人にあれこれ強いるのは鋼さんのよくない癖ですよ」

桂助は諭した。伊兵衛は、

「お役人と奉行所なんて、たとえお侍《さむらい》さんだって好きではないはずですよ」

慶次郎に同調したが、鋼次は、

「それだけじゃねえぜ、あいつ、岩田屋の名前が出てからというもの、そわそわしだしたんだから」

なおも言い募った。

「そうでしたか」

伊兵衛は怯えた声で、

「だとしたら、あの人も岩田屋の回し者?」

しばらくの間取り戻していた顔色を、再び青ざめさせた。

桂助は、

「今はあれこれ考えずに、おとっつあんの行方を探すことです」

と言い切った。

途中、桂助は、

「悪いが鋼さん、番屋では口を閉じていてくれないか。ことがことだけに、今回ばかりは、友田様との話は闘いになる。鋼さんに禍《わざわい》が降りかかるようなことがあってはいけない」

と鋼次に念を押した。

そんなわけで、鋼次は金五が淹れてくれた茶を啜《すす》りながら、番屋の土間で聞き耳を立てる成り行きとなった。

桂助は居合わせた友田達之助と番屋の板敷で向かい合った。

「藤屋長右衛門と紬屋貞右衛門を見たという者がいる。もはや、おぬしの父親に逃れる術《すべ》はないぞ」

友田は冷たい目を桂助に向けた。

「その人が何を見たのか、どうかくわしく教えてください」

「見た者の名は惣吉《そうきち》、老いぼれの物乞いだ。通りかかった菜の花畑で藤屋と紬屋が争う声を聞いて、足を止めたという。そのままあとをつけたのは、二人がたいそう立派な風体《ふうてい》をしていて、ねだればなにがしか恵んでくれそうだと思ったからだそうだ」

「二人はどんなことで争っていたのか、その人は覚えていましたか？」

「何でも、恰幅《かっぷく》のいい一方が〝許してやってくれ〟とすがり、小柄で痩《や》せた方が〝許せることではない〟と突っぱねて、押し問答を続けながら歩いて、林を抜けて川の方へと行ったそうだ」

――恰幅のいい方がおとっつあんにちがいない――

「惣吉という人は付いて行ったのでしょう？」

「本人は何とか、物をねだる機会を見はからっていたのだそうだが、押し問答に熱中している二人にその隙はなかったという。そのうちに、恰幅のいい方が、〝一休みしませんか〟と言って、共に木の切り株に座るよう誘った。〝喉が渇きましたね〟、懐から竹筒を出してきて、そう言ったのも恰幅のいい方だった。そして一口竹筒に口を付けたところで、〝どうです、一口〟とでも言うように、小柄な方に竹筒を渡した。渡された小柄な方は、口をつけてごくりと飲み干すと、ほどなく、ひくっと喉を鳴らし、ぶるぶると身体を震わせて、土の上に崩れ落ちたという。それを見ていた恰幅のいい方は、ぺっと口の中のものを吐《は》き出したそうだ。そして、この後、動かなくなった小柄な方を担いで、川辺へと歩いて行った。吐き出したものは酒の匂いがして、寄ってきた蟻《あり》が死んでいるのを見て毒酒だとわかったという」

十二

——おとっつあんが貞右衛門さんを毒で殺すのを見た人がいる——

桂助が動揺しかけた。

——だが、まてよ、竹筒の中に毒酒が入っていたのだとしたら、菜の花の絵屏風の後ろにあった徳利と〝石見銀山鼠取り〟と書かれた赤い包みは何なのだろう——

「友田様もわたしと一緒に、紬屋の寮で、毒と酒をごらんになっておられますね」

「うむ」

友田はそれが何だという顔をした。

「ならば、どうして、恰幅のいい方はあそこで小柄な方を殺さなかったのでしょうか」

桂助は疑問を投げかけた。

「おおかた紬屋は下戸《げこ》だったのだろう」

「それは変です。下戸ならば竹筒からも酒は一滴なりとも飲まぬはずですよ」

桂助は鋭く指摘した。

すると、眉をぴくりと震わせた友田は、こほんと一つ咳払《せきばら》いをして、

「言い間違えた。たしかにおぬしの言う通り、紬屋は下戸ではなかった。だが、惣吉の話では、紬屋は藤屋の頼み事をすげなく断り続けていたというから、二人は絵屏風のある座敷で盃を交わすこともなかったのだろう。それで、藤屋は前もって用意してきた竹筒に毒酒を分け、紬屋を菜の花畑へ誘い、隙を見て飲ませるつもりだったのだ」

ざまあみろという顔をした。桂助には友田が、もはや、恰幅のいい方とは言わず、藤屋とはっきり父の名を告げて、下手人扱いしたのがずしりと胸に響いた。今更のように辛い思いである。

「座敷に毒と酒があっても不思議はなかろう」

「なれど、どうして、〝石見銀山鼠取り〟と徳利の両方があったのでしょうか。毒は前もって、酒に混ぜておけばすむことのように思われます」

桂助は食い下がった。

「酒だけ置いてあるのでは人は誰も怪しみません。けれど、石見銀山鼠取りが並べて

あれば、毒殺の証だと誰もが疑うでしょう。これではまるで、〝ここで毒殺があった〟と、ことさら示しているようにしか見えません」

「藤屋は当初、座敷で紬屋を殺すつもりだったにちがいない。だとすれば、あの大徳利を毒酒で満たすことなどできはしない。酒盛りは差しつ差されつが習い、竹筒からの一口のように、口に溜めておいて吐き出す芸当などできない。藤屋は自分も、毒酒を飲み干さなければならなくなる。それで酒盛りになった時に備えて、石見銀山鼠取りを隠し持ち、大酒飲みらしく、隙を見て相手に盛るつもりだったのだ」

友田の推量はいつになく冴えていた。

「これで両方にあっても少しもおかしくないぞ、どうだ？」

友田は自慢げに只でさえ大きな鼻孔を膨らました。

桂助はすぐに言葉を返さなかった。わずかな間だったが、鋼次にはこの沈黙がどしんと重く感じられた。

――桂さんは、大事なおとっつあんのことだというのに、友田を言い負かせられない――

不安がひたひたと押し寄せてきて、

――こんなこと、今まで一度もなかった。これはもしかして――

鋼次はほんの一瞬ではあったが、

――長右衛門さんはやはり貞右衛門さんを――

と思いかけて、

――見たというのは物乞いの爺《じじい》だ、当てになるものか――

無理やり疑念をねじ伏せた。

「貞右衛門さんのものだという着物をお見せいただけますか」

桂助は口を開いた。

「金五」

友田が怒鳴ると、

「へい」

土間に居た金五は、上がり框《がまち》の上に置いてあった、一抱えの着物を持って板敷に上がった。

「これが紬屋貞右衛門の着ていたものだ」

「広げますか」

金五が訊くと、友田は目だけでうなずいた。

着物はところどころ土が付いているとはいえ、見事な大島紬である。身《み》幅《はば》や丈が短く、一目で持ち主が小柄であることがわかった。

「紬屋には金五が行って確かめてきた。金五、いいから、ことの次第を話してみろ」

「へい」

亀のように首をすくめた金五は、

「紬屋へこれを持って行ってきたよ。紬屋じゃ、若旦那の太吉さんも弟で手代の彦治さんも、おとっつあんの物にまちがいねえって太鼓判を押してくれた。これは紬屋の旦那さんの物でも一番いい織の物で、旦那さんも気に入ってたんだそうだ」

と言った。

「ところで、どうして、惣吉さんがこの着物を手にしていたのでしょう。その理由は訊かれましたか？」

桂助は再び攻勢に入った。

「当たり前だ」

友田はむっとして、

「惣吉は藤屋が殺した紬屋を背負い上げ、川辺へと歩いて行くのを追いかけたという。川辺に出た藤屋は紬屋から着物や持ち物を剝ぐと、その骸を川にどぼんと放りこんだ」

「そんなこと――」

あるはずないと言いかけて、桂助は歯を食いしばった。言ったところで、一部始終を見ていた者がいる以上、信じてはもらえず、虚《むな》しいだけである。

友田は話を続けた。

「惣吉は物陰から目を凝らして、この様子を見ていた。藤屋が剝いだ着物や持ち物を放り出して行ってくれるのを、今か今かと待ったという。藤屋は財布だけ、自分の懐にしまってその場を去った。それで惣吉はやっと紬屋の着物にありついた」

「掏摸《すり》じゃあるめえし、大店の旦那さんともあろう人が、人様の財布なんぞを欲しがるもんかな」

金五が口を挟んだ。

「馬鹿者」

友田は一喝《いっかつ》した。

「藤屋は紬屋の財布を盗んだのではない、隠したのだ。財布にはお守り札がしまわれていたり、根付けなどが付いているから、持ち主がわかりやすい。藤屋が紬屋を裸にして川に流したのは、たとえどこかに土左衛門《どざえもん》で流れ着いても、どこの誰だか、わからぬようにするつもりだったからだ」

――何でこうも今日の友田は冴えまくってるんだろ――

鋼次は知らずと苦虫を潰したような顔になっている。

「父が関わっていたとして、それなら、どうして、紬屋さんの着物も隠さなかったのです？　これほどの着物、持ち主が誰だか、いずれ知れると、同業者の父にはわかっていたはずですが」

桂助は一矢報《いっし》いた。

「人は無我夢中になっちまってる時、間違うことや見落とすこともあるもんだよ」

またしても金五は口を出したが、友田は怒らず、〝うん〟と大きくうなずいた。

――金五の阿呆《あほ》。いい加減、もう、口は開くな――

鋼次はかっと頭に血が上って、

「おい、金五、茶、もう一杯」

大声を上げた。

――これなら、桂さんとの約束を破ることにはならねえだろう――

「へい、兄貴、ただ今」

鋼次のおだやかならぬ様子に気づいた金五は、びくつきながら板敷を下りた。

「まだ、わからないことがございます」

桂助は続けた。

「どうして、惣吉さんはせっかく手に入れた着物を、届け出たりしたのでしょうか」

「その理由は先ほどおぬしが口にしただろう」

「着物の価値がわかって、古着屋に売ったりすれば、着物の出所を怪しまれ、人殺しの濡《ぬ》れ衣《ぎぬ》を着せられると怖くなったとでも？」

桂助は首をかしげた。

「その通り。物乞いを咎められることはないが、人殺しとなると死罪は免れない」

「けれど、惣吉さんは父や紬屋さんとは違います。着物の素人《しろうと》のはず。ぱっと見て、高価だとわかる友禅などと違って、紬は地味なものですから、この紬にしても、価値がわかったとは思えません」

「ふーむ」

しばらく考えこんだ友田は、

「おい、金五」

土間の金五を再び呼びつけて、

「今の話、聞いていたな」

「へい、耳の穴をかっぽじって聞いてました」

神妙に答えた金五に、

「おまえならどう答える？」

と問い掛けた。

「おいらが答えていいんですか」

驚いている金五に、

「いいから答えてみろ」

友田は促した。

「おいらが惣吉だったとすると、着物がわかるとかわからねえとかじゃなく、人殺しを見ちまったことが怖くてなんねえようになって、死んだ人の顔の恨めしそうな顔がいつも目の前にちらついてくる。そうなりゃ、これはもう、着物どころじゃねえ、何もかも包み隠さず、お上に申し上げねえと、幽霊に取り憑《つ》かれて、夜も眠れねえってことに——」

金五は自分が惣吉にでもなったかのように、顔色を青ざめさせた。

聞いていた鋼次は、思わず、

「黙って聞いてれば大概《てえげえ》にしろ。金五、おめえは、がきの頃から笹の葉が揺れても、怖い、怖いと、大騒ぎするだらしねえ奴だったじゃねえか。だが、おめえと同じ位の恐がりなんぞ、そうは居るもんじゃねえぞ。まして、物乞いとくれば暗がりをうろつくのにも慣れてる。幽霊が怖くてお上に届けたりするもんか」

桂助との約束を忘れて怒鳴った。

「鋼さん、もういいですから。黙っていて下さい。友田様に叱られます」

止めにかかった桂助に、

「金五が言ったことは道理だ。幽霊はどんな者でも怖い。実はわしもいくら酔っている時でも、夜道で風がそよぐと怖くてならない。おおかた惣吉もそうだったのだろう」

友田は真顔で言った。

十三

「ところで」

桂助は最後の切り札を友田に投げた。

「向島の紬屋さんの寮で人殺しがあったと、番屋に投げ文があったはずでしたが」

橋川慶次郎の推量では、それを書いて届けさせたのは父長右衛門ということだった。

「それが何か？」

「その文、お見せいただくわけにはまいりませんか」

「これだが」

不審な顔で友田は懐から文を出して広げた。友田が告げた通りの内容である。

――よかった、おとっつあんの手跡《しゅせき》ではない――

ほっとしたのも、つかのま、珍しく桂助の額に冷や汗が滲んだ。

――しかし、これでは何とも――

「金釘流《かなくぎりゅう》の字ですね」

わざと角張って書かれているその字体からは、誰が書いたものか、見当がつきかねた。まだ、長右衛門が書いた可能性もある。

――いや、あり得ない。おとっつあんなら、こんな卑怯《ひきょう》なやり方をするわけがない――

「これは書いた当人が自分の手跡を隠すためのものです」

「まあ、そうだろうが」

認めはしたものの、友田は、

「それがいったい何だというのだ?」

不快げに問い返した。

「実はこれを書いた当人に心当たりがあるのです」

「誰だ？」

「父と紬屋さんのことを届けた惣吉さんです。惣吉さんが紬屋さんを殺しておいて、骸をどこかに隠し、お上に見てもいないことを見たように届けているのではと――」

――いいぞ、桂さん、俄然《がぜん》冴えてきたぜ――

鋼次はうれしくなった。

「それで、着物だけを届けておいて、財布は父が持ち去ったなぞと言っているのは、真っ赤な嘘だということになります」

桂助はさらに畳みかけた。

うーむと唸って思わず腕組みした友田は、

「ならば、藤屋はどうした？　生きているのならなぜ、事情を話しに出てこない？　出られないのは後ろめたいところのある証だぞ」

猛烈な反撃に出て、

「それに何より、物乞いの惣吉には、たとえ金釘流であっても、字など書けないはずだ。父を下手人だと思いたくないおぬしの気持ちはよくわかるが、われらは御定法《ごじょうほう》を守らぬ者を厳しく取り締まるのが務め、長右衛門が覚悟を決めて出てくるまで、明日から毎日、朝夕、藤屋へ出向くゆえ、そのつもりでいるよう、お内儀や店の者に伝えよ」

　と言い放った。

　番屋からの帰り道、桂助は黙り続けていた。

「友田は相変わらず、呆れた間抜け役人だよ、あんな馬鹿野郎、見たことねえぜ」

　鋼次の癇癪玉《かんしゃくだま》が破裂したような物言いを咎めようともせず、口惜しさが募るのか、足早である。そんな桂助からは思い詰めた空気が重く漂ってきている。

「桂さん、一つ訊いてもいいかい？」

　桂助は答える代わりに立ち止まった。

「桂さんが思ってるように、惣吉が紬屋を殺したんだとしたら、もしかして長右衛門さんも――」

　鋼次は言いかけて言葉に詰まった。

「おとっつあんも惣吉という人に殺されてしまっていると言うのですね」

「そうすりゃ、長右衛門さんの財布の中身も自分のものにできる」

「わたしもふとそのように考えて、ぞっとしたんですが、それはやっぱり違います」

　桂助はきっぱりと言い切った。

「もしそうだとしたら、届けたりはしないものです。二人の骸をどこかへ隠してしまえばいい。絵屏風の後ろにことさらにお酒や毒を置いておくのもおかしい。これは、何とかして、おとっつあんを紬屋さん殺しの下手人に仕立てるためのものです」

「物乞いの惣吉がそんなことを企むはずはねえ」

「ですから、惣吉さんは誰かに操られているのだと思います」

「その誰かって——」

二人は顔を見合わせた。

「言わずと知れています」

「長右衛門さんを迎えに来た、紬屋出入りの駕籠屋も怪しいとなりゃあ——」

「これには紬屋さんも一枚嚙んでいるかもしれません」

「けど、どうして紬屋に岩田屋が取り入ることができるんだい？」

「太吉さんの亡くなったお内儀さん、お悦さんの実家質文の主は岩田屋の手代だったはず。岩田屋とつきあいがあってもおかしくありませんよ」

「するってえと、岩田屋は質文を通して紬屋の窮状を知ったんだな」

「はじめは言葉巧みに借金の肩代わりの話など切り出して、相手を安心させ、おとっつあん、おっかさんとの因縁話《いんねんばなし》まで聞き出したんです。そして、その話を利用しておとっつあんを失脚させようと着々と準備をしていた時、おとっつあんからの文が届き、それに乗じたのだと思います」

「またしても罠《わな》だな」

「岩田屋のねらいはおとっつあんを下手人に仕立てて、わたしに命乞いをさせて、言うことをきかせるためです。そのためには、おとっつあんを殺すはずはないのです」

「となりゃあ、長右衛門さんは大事な札だ。無理やり掠《さら》って、逃げらねえよう、どっかに閉じ込めてるのかもしれねえぜ」

「それは考えられます。心配なのは、もう、おとっつあんは、そう若くありません。酷《ひど》い扱いを受けていて、身が持たないのではないかと――」

「一刻も早く探し当てることだ。たしか、〈いしゃ・は・くち〉の患者で、俺の房楊枝のお得意さんに、〝人捜し〟を知ってるって人がいたじゃねえか。神田相生《あいおい》町の〝鶴《つる》亀屋《かめや》〟と言って、めっぽう人捜しの腕がいいんだという。人捜しとはいえ蛇《じゃ》の道はへびだからね、こればかりを商いにしているのだから、てえしたものだよ。主が必ず居るのは夕方だと聞いたから、どうだい、今日、日暮れた頃に訪ねてみちゃあ――」

鋼次は熱心に勧めた。

「ありがとう、鋼さん、日暮れまで待って何も手がかりがなかったらそうしましょう」

桂助に礼を言われても鋼次は、

——待ったって、日暮れまでなんて、あと少ししかねえじゃねえか——

狐につままれた気がして、

——それとも、どこかから手がかりが降ってくるとわかってるのだろうか——

いっこうに桂助の真意が見えなかった。

藤屋に戻った桂助は、迎えに出てきた伊兵衛の顔をちらりと見るや、すぐ客間を用意するように言い付けた。

「どなたか、おいでになるのでございますか」

伊兵衛は不審そうであったが、

「いや、鋼さんだけです。伊兵衛も同席してください」

「わたしまでですか」

何やら伊兵衛はぎょっとした。

その伊兵衛と向かい合うと、

「伊兵衛、おとっつあんがまだ戻らないというのに、いい顔色ですね」

桂助は切り出した。

「左様《さよう》でございましょうか」

伊兵衛は下を向き続けている。

「顔を上げなさい」

「はい」

伊兵衛はしぶしぶ従った。

「さっきまでとは大違いです」

「そんなことは――」

しどろもどろしている伊兵衛に、

「伊兵衛、おまえはおとっつあんの居所を知っていますね」

桂助はさらりと言ってのけた。

みるみる伊兵衛は青ざめた。

「わたしが番屋に行っている間に、つなぎがあったのでしょう」

「それは――」

「御側用人《おそばようにん》様の岸田《きしだ》様のところに匿われているに違いない、おとっつあんから文が届いたのでしょう」

「旦那様の文はわたしに宛てたものでした。決して誰にも言ってはならぬと書かれておられました。よんどころない事情で岸田様のお屋敷に身を隠すことになった、ひいては、お内儀さんのことなど、この藤屋に何か変わったことがないかと案じておられました。変わったことがあったらすぐに伝えるようにと——。そして、何より、このことを秘密にしてほしいと」

「それでは、おとっつぁんが案じているおっかさんのことを、お役人に乗り込まれてすっかりまいってしまっていることを、どう伝えるつもりだったんです？」

「はて、どうしたものかと――」

伊兵衛は声を震わせてうなだれた。

「本当のことをお伝えしたら、旦那様はさぞかし案じられるだろうと」

「伊兵衛のその任、わたしが代わりましょう」

桂助は買って出た。

「それは有り難いことでございます」

伊兵衛はほっと息をついた。

「鋼さん、わたしはこれから岸田様のお屋敷へ行きます」

桂助は立ち上がった。

すでに日は暮れはじめている。

「待ってくれ」

〝菜の花しぐれ〟を口いっぱいにほおばったまま、鋼次は後を追った。

「駕籠を二挺《ちょう》ご用意いたしましょう」

藤屋と外桜田にある岸田の屋敷はそう近い距離にはない。

「早い方がいいかと――」

「それに桂さん、やっぱり、今の俺たちには夜道は危ねえよ」

「それではそうしてもらいましょう」

こうして、桂助と鋼次は急遽《きゅうきょ》、岸田の屋敷へと向かった。

十四

岸田の屋敷では顔馴染みになっている門番が取り次いでくれた。

「桂助が藤屋長右衛門に会いに来たとお伝えください」

と桂助は頼んだが、案内されたのは主岸田正二郎《しょうじろう》の茶室であった。側用人の岸田は訪ねてきた者と話をする時、母屋から離れた裏庭の茶室でもてなすことが多かった。

人目を避けるためである。

茶室に長右衛門の姿はなかった。

――何だよ、会わしちゃくれねえのかよ――

鋼次は心の中でぼやいた。

待たされていると、長身痩軀《そうく》の岸田が茶室に入ってきた。二人があわてて頭を垂れると、岸田は、

「ほう、また弟も来たか」

ちらりと桂助の後ろに控えている鋼次の方を見た。二人が初めて岸田の屋敷を訪ねた時、桂助が鋼次を弟と偽ったことを岸田は揶揄《やゆ》しているのである。目が遭って鋼次は、

――嫌な目と遭っちまったぜ。ま、相手は岸田だからな、ここは、そう簡単には運びやしないな――

観念した。

岸田は変わらず冷たい硬質の目をしている。厳しい表情もいつもと同じで、何を考えているのか、皆目《かいもく》見当がつかなかった。何かに動揺している風にも見えない。相変わらず岸田は淡々と冷徹であった。

炉の前に座った岸田は、茶釜の湯の音にしばらく耳を傾けていて、

「その方たち、これを何の音と聞く？」

と訊いてきた。

――ただの湯の音だけど――

そう思ったが、鋼次はすぐに目を伏せた。

――こいつがそんな当たり前の答えが訊きたいわけねえ――

「風流な湯の沸く音も、普段なら心地よいものですが、今のわたしにはただただ不安を掻き立てる、あるまじき暴風の音に聞こえます」

そう答えて桂助は、

「お願いです。ここに居る父と、藤屋長右衛門と会わせてください、この通りです」

さらにまた深く頭を垂れた。

「はて、どうしたものかな」

岸田は桂助をじっと見据えて、

「わしは長右衛門に、書いた文を藤屋に届けることは許したが、そちと会うことまでは許しておらぬ」

と言った。

――それはねえだろう、ひとでなし――

鋼次は声に出さずに思いきり罵《ののし》った。

「わしの見る限り、この場に際して、そちは己を見失っている。ただただ情に流され、溺《おぼ》れかけているのだ。そんな有り様では長右衛門も救えず、この難局も乗り越えられない。わしの知っている桂助は、どんな時でも、冷静で明晰な判断のできる男だ。今ここに居るのは、わしの知っている藤屋桂助ではない。いいか、どうしても父に会いたくば、出直して、常の藤屋桂助としてわしの前に現れよ」

岸田は大声を上げて、立ちあがりかけた。

「お待ちください」

桂助は止めた。

「わかりました。今、ここで父に会うのは諦めます。その代わり、どうして、父がここに居るのか、匿われるに到った理由は何なのか、教えていただきたいのです」

「それなら、話してやってもよい」

岸田は一度上げた腰を下ろした。

――ったく、偉そうも偉そう、むかむかして反吐が出尽くすほどだぜ――

鋼次は罵り続けた。

「長右衛門がここを訪ねてきたのは、昨日の暮れ六ツ近くだった。向島から歩いてきたと取り次いできた。約束もしておらなかったし、これは大事が起きたのだとわしは思い、なるべく家士たちの目にもつかぬよう、この茶室と同じく裏庭にある東屋《あずまや》へ通した。会ってみると、長右衛門はいつになく取り乱していて、しばらくは、自分の不徳のなせる業《わざ》だと繰り返すばかりだった。

「おとっつあんは紬屋さんとおっかさんを競った話をしたのですね」

「そうだ。恋仇の紬屋の息子と自分の娘を夫婦にしたい一心で、紬屋に会うことになったいきさつも聞いた」

「おとっつあんは紬屋さんと会ったのですか？」

「長右衛門は向島の寮には、行くには行ったが、どこを探しても紬屋の姿はなく、客間の絵屏風の後ろには酒と毒が並んでいたという。驚いて、何かあったのだと駕籠屋を呼んだが、待たせていたはずの駕籠屋が見当たらない。懐を探ってみると、財布と煙草入れが抜き取られている。そこで、駕籠を下りる時、愛想のいい駕籠屋の一人が手を貸してくれたことを思い出し、あの時、掏《す》られたのだとすぐ思い当たった。駕籠屋が悪者だとすると、先に来ていたはずの貞右衛門はどうなったのかと、気にかかってならなかったが、今はここに居るべきではないと判断して、向島から歩き通して、わしのところまで来たのだ」

「事情をお聞きになって岸田様は何と？」

「わしはすぐにこれは罠だと言った」

「罠ということは岩田屋のことですね」

「もちろんだ。岩田屋が後ろで糸を引いている。今、江戸市中の商人たちは、〝岩田屋にあらずんば人にあらず〟とばかりに、岩田屋を崇《あが》めている。紬屋とて岩田屋には逆らえまい。紬屋貞右衛門も、岩田屋に操られ、藤屋との和解に応じるふりをさせられて、藤屋を下手人にするためだけに殺されたのだろう。藤屋、紬屋、両家の今に続く因縁話を、岩田屋は長右衛門を罪に陥れる、またとない好機と見たのだ。だから、わしは長右衛門に、〝そのうち、財布と煙草入れを掏った奴は、金子の入った財布は惜しくて我が物とするだろうから、たぶん、煙草入れを捨てるだろう。それが貞右衛門殺しの動かぬ証とされる。だから、しばらくここから出てはならぬ〟と助言した。ところが、おかしなことに、奉行所からは全《まった》く、煙草入れの話は聞こえて来なかった」

そこで桂助は、藤屋の店の者たちが長右衛門を探しに行った折、客間に落ちていたのを見つけて持ち帰った話をした。

「番屋に〝人が殺されている〟と書いた投げ文がありました。岩田屋が誰かに、手跡を誤魔化すために金釘流で書かせたものです。ところが、向島にかけつけた役人は、父を下手人だとする証も、紬屋さんの骸も、何も見ていないのです」

「そうだったのか、それで、また違う流れになったのか」

「物乞いの惣吉という人に、殺した貞右衛門さんの着物を持たせて番屋へ行かせ、証人にしたことですね」

「わしはこんなこともあろうかと思っていたが、長右衛門はびっくりしたようだ。〝そちが菜の花畑へ紬屋を誘って、森までの途中で毒死させ、着物を剝ぎ取ったうえ、骸は川に流したことになっているぞ〟と教えてやると、〝酒や毒を持参した覚えはないし、会ってもいない紬屋さんと菜の花畑や森を一緒に歩いて、殺すことなどできるはずもありません〟と困惑していた。〝こんな出鱈目《でたらめ》の事実無根がまかり通るなど、許されていい道理はありません〟とも言っていた。如何《いか》にも長右衛門らしいが、わしは、〝世の中は、力のある者に限って、理不尽がまかり通ることを知っている。やはり、まだ出て行ってはならぬ、下手人にされては奴らの思う壺《つぼ》だ〟と言い、きつく止めている」

この時である。

「岸田様、そのお気持ちは有り難く存じます」

茶室の引き戸が開いて長右衛門が顔を覗かせた。

「どうも今宵は風が止んで、遠くの声がよく聞こえてきました。桂助の声を聞いたように思い、こうして、離れた東屋から引き寄せられてきてしまいました」

長右衛門は座っている桂助に微笑んだ。その目は優しかった。

「まあ、風に仲立ちされたのなら仕方がなかろう」

岸田は長右衛門を中へ入れた。

「おとっつあん、よくご無事で」

桂助は感無量であった。

「当たり前のことさ」

長右衛門はからりと笑って、

「それより、藤屋の様子はどうだ？　わたしを人殺しだと騒ぎ立てているので、さぞかしお絹やお房、店の者たちは、肩身の狭い思いをしていることだろう。何より、案じられていたのはそのことだった」

父の言葉に桂助は一瞬、母や妹に起きたことをどう説明したものかと躊躇《ちゅうちょ》した。すると長右衛門は、

「何かあったのだな」

すぐに察した。

「臥せっているおっかさんのことは、多少、心に響くものがあってのことだと、道順先生はおっしゃっていますから、おとっつあんが案じることはありません。お房は元

気です」

　桂助は精一杯取り繕った。

「わたしが太吉さんの父親を殺したかもしれないと報されて、お房が元気なはずはあるまい」

　長右衛門は苦しげに言った。

「一度は落ち込みましたが、今は元気を取り戻しているはずです。わたしたちも店の者たちも、みんなおとっつあんを信じていますから」

「だが、お上に手加減などありはしない。わたしが身を隠している以上、毎日、藤屋に役人が詮議にやってくるだろう」

　朝夕、押しかけると息巻いた友田の言葉を思い出して、桂助は言葉を返せなかった。

「岸田様」

　長右衛門は岸田の前に向き直って、丁寧に一礼すると、

「昨日より大変お世話になりました。桂助がこうして来てくれたことですし、わたしは家に帰ろうと思います」

　きっぱりと言い切った。

「しかし、それでは〝飛んで火に入《い》る夏の虫〟だぞ」

岸田は口惜しそうな顔をした。

「わたしは昨日からずっと東屋におりました。そこで先行きのことを考えていたのです。わたしがこのままここに匿われていれば、我が身は無事で済みますが、連日、役人が押しかける藤屋は、すぐに悪い噂が立って、お客様がおいでにならなくなるでしょう。そうなれば、藤屋はおしまいです。代々受け継がれてきた藤屋は、わたしの命同然ですから、藤屋が潰れてしまえばわたしは死んだも同じです。隠れていて魂が死ぬのと、正々堂々、断固、罪を犯していないと言い張って裁かれ、死ぬかもしれないのと、どちらかを選ぶとしたら、わたしは魂が救われる後の方を選ぼうと決めたのです。桂助の声が遠くから聞こえた時、はっきりこれだと定めました。お絹やお房、ここにいる桂助だって、それを願っているはずです」

長右衛門の決意は固かった。

「たしかに岸田様のお話をお聞きして、おとっつあんが無実だとわかり、こうしておとっつあんと会えた時、ぱっと心の霧が晴れたような気がしました。おっかさん、お房、それに伊兵衛たちも、おとっつあんの口からその言葉を聞けば、どんなに心の励みになるかしれません」

「しかし、長右衛門が罪に問われれば、藤屋は店終《みせじま》いを余儀なくされる。奉公人たちが離散させられるのはまだしも、紬屋との因縁に関わって、事と次第によっては、お絹にまで罪が及ぶのだぞ」

岸田は長右衛門に覚悟のほどを確かめた。

すると長右衛門は、

「わたしとお絹はすでに共白髪でございます。冥途《めいど》へは一緒に旅立ちたいときっと言ってくれるでしょう」

静かな面持ちで言った。

長右衛門は桂助に伴われて藤屋へ戻った。帰るという報せを聞いたお絹は、すぐに床を上げ、一分の隙もなく着付けると、小女に命じて丁寧に髪を洗い、髪結いを呼んで一筋の乱れもなく結わせた。お房も母に倣《なら》った。

「お帰りなさいませ」

お絹は長右衛門の足音を店先にひれ伏して聞いた。涙がとめどもなく頬を伝って落ちてくる。

「お帰りなさい」

お房はまた母に倣った。涙が止まらないのも同じだった。

長右衛門は伊兵衛を呼んで奉公人たちを集めると、自分は無実ではあるが人殺しの嫌疑をかけられていること、それを晴らすために番屋へ名乗り出る覚悟であることを告げた。

伊兵衛は歯を食いしばって泣きたい気分と、口惜しさの両方に耐えた。

「旦那様」

「旦那様」

奉公人たちは長右衛門を案じ、しきりにむせび泣いた。

お絹は夫婦の部屋で長右衛門の着替えを手伝った。

「今こそ嫌疑を晴らすのだ、晴れの着物にしてくれ」

長右衛門の願いで、お絹は紋付きと袴《はかま》を出して心を込めて着せようとして、前にこれを着たのは、お房の婚礼の時だったかと思うと不吉になった。長右衛門はそれに気付き、微笑んで、

「悪い思い出だけではないはずだ。ほら、桂助のあの時――」

「そうでしたわ、〈いしゃ・は・くち〉の開業祝いにかけつけた時も、これを着ていらっしゃいましたっけ」

知らずとお絹の表情も和らいでいた。

そして長右衛門は、

「行ってくる」

店を後にする際、仲間の寄合に出かけて行くような、気楽な笑顔を残したのだった。


それから何刻《なんとき》かたって、番屋の長右衛門は友田に見張られ、桂助と鋼次に見守られながら惣吉を待っていた。

「お奉行のお達しで、惣吉なるものに面通しをさせよということである」

友田は居丈高に言い放った。

桂助は、

——お奉行様にまで岩田屋が手を伸ばして、懐柔《かいじゅう》していないとよいのだが——

と案じた。鋼次は鋼次で、

——物乞いなんて決まったねぐらがあるわけじゃねえ。惣吉を探すのは金五だし、そう簡単に見つかるもんか——

たかを括《くく》っていた。

ところが、ほどなく、金五は惣吉を伴って戻ってきた。

「こいつが言ってた通り、源森橋《げんもりばし》の下の川原で菰《こも》を被ってたよ。嘘つきじゃねえのはえらいと、おいら思ったよ」

金五は感心したように言った。

襤褸《ぼろ》を纏《まと》い薄汚れた柿手拭《かきてのご》いで頬冠《ほっかぶ》りをした惣吉は腰の曲がった老爺である。

金五について番屋に入ってきた惣吉は、友田に、

「おまえが見たと思われる者はここにおる。よいから、とくと見よ」

と命じられると、ずかずかと土間を歩いて、板敷を駆け上がり、長右衛門を指差して、

「見た、見た、見た」

興奮した様子で繰り返した。

たじろぐ長右衛門を尻目にさらに、

「見た、見た、見た」

うん、うんと頷《うなず》く。

「もうよい。惣吉、ご苦労だったな」

友田がねぎらうと、惣吉は大口を開いてひひひと笑いを洩らした。

惣吉の口の中が見えた。中は赤黒い穴のように見えて、歯が一本も見当たらなかった。

「歯を無くされていますね」

桂助が訊くと、惣吉はまた、ひひひと空気の漏れるような笑い方をした。桂助は、

「どうやって、惣吉さんからくわしい話を訊いたのです？」

今度は友田に訊いた。

歯無しになると、ふがふが、もごもごとしか話せず、その内容はよく聞き取れない。

「おいらが訊いたんだよ。おいらんとこには爺《じい》ちゃんが居たから、ふがもご語には慣れてるんだ」

代わって金五が答えた。

「まちげえはねえんだろうな」

じろりと睨んで鋼次が釘を刺すと、

「いくら兄貴でもひどい言い様だ」

金五はぷいと横を向いた。

さらに桂助が、

「歯無しになったのはお幾つの時ですか？」

と訊くと、惣吉は首を横に振った。

「物乞いは自分の年もわからねえのが多いよ」

金五は言い、惣吉はそうだという代わりに、何度も首を縦にした。

友田はこれらのやり取りに頓着《とんちゃく》せず、即座に、

「藤屋長右衛門、紬屋貞右衛門を殺めた罪により入牢申しつける」

言い渡し、金五に命じて長右衛門を捕縛《ほばく》させた。

長右衛門が捕縛された翌日、源森橋の下の川原で惣吉が殺されて見つかった。昼を過ぎても起きだしてこない惣吉を、通りかかった仲間の物乞いが不審に思って、被っていた菰《の》を取り除けたところ、惣吉は冷たくなって変わり果てていた。

惣吉の首には紅白の手拭《てぬぐ》いが巻き付いていた。かけつけた友田が手拭いを首から外して、広げてみると、〝藤屋〟の屋号が染め抜かれていた。

「跡取り娘お房の祝言の時、藤屋が配ったのものだな。してみれば——」

合点した友田は桂助、お絹、お房といった長右衛門の家族を呼び出した。

「惣吉はただの物乞い。金目当てに殺されるわけなどあり得ない。惣吉を殺したくなるほど恨むとしたら、惣吉のせいでお縄になった長右衛門の家族にちがいない」

「わたしたちがそんなことするわけもありません」

桂助は惣吉が殺されたと思われる深夜から明け方にかけて、自分やお絹、お房は藤屋に居て一歩も外へは出なかったことを、

「忠義の大番頭は庇《かば》い立てするかもしれぬ」

と友田が牽制《けんせい》したので、伊兵衛以外の奉公人たちに証言させた。

これで桂助たち家族の疑いは晴れたが、

「お縄になるかもしれないと覚悟していた長右衛門は、前もって、いざとなった時、惣吉を葬るよう、誰かに命じていたのかもしれぬからな。ともあれ、手がかりは祝言の配り物の手拭いにある。長右衛門と親しいもので手拭いの持ち主を捜せ」

友田の詮議は続いた。

「兄貴、悪いな」

おどおどした様子で、金五は鋼次の長屋の仕事場に手拭いのことを訊きに来た。しがない房楊枝職人と長右衛門が昵懇《じっこん》なのには理由があった。我が身の危険を顧みず、桂助の遠出につきあってくれた鋼次に、長右衛門は並々ならぬ謝意を抱いてきたのである。桂助と揃いの雨合羽を誂《あつら》えて贈ったこともあるし、お房の祝言にも是非《ぜひ》にと宴に招いた。

「友田の旦那ときたら言いだしたらきかなくて。藤屋が祝言で手拭いを配った先を水も漏らさず捜せって」

「何をまた、びくついてるんだい。ふがもご語のことで、俺に噛みついた元気はどうしたい。おまえは友田の一のお手先のはずじゃねえか」

桂助たちが疑われたことを知っている鋼次は、痛烈に皮肉って、祝言の手拭いを押し入れから出してきて見せた。

「ほらよ、だが、ご苦労なこったな。あの祝言は後まで語り継がれるほど派手だったから、呼ばれてこいつを引き出物と一緒にもらった者となると、ちょっとやそっとじゃ、数えきれねえはずだ」

「旦那は長右衛門さんと親しかった人だけでいいって」

「あん時、一番親しかったのは岩田屋だよ。何しろ、息子の勘三は婿だったんだから。もっとも、向こうが後足でひでえ砂をかけやがったんで、今はつきあっちゃいねえがな。どうせ調べるなら、一番は岩田屋のはずだと旦那に伝えてくれ」

憤懣《ふんまん》やる方ない鋼次はつっけんどんな物言いをした。

一応疑いが晴れた桂助は、

「どうか、お願いいたします」

友田に何度も頭を下げて、殺された惣吉の遺体を改めさせてくれるよう頼んだ。

「まあ、歯を診てもらっているよしみもある。いいだろう」

友田は苦い顔でうなずいた。

惣吉の骸は、戸板に載せられて番屋の土間に運ばれてきていた。

「好きに見ろ。俺はもういい、疲れた。今度という今度は我ながらよくやったしな」

板敷に上がった友田は、金五に酌をさせて昼酒を飲み始めた。

桂助は戸板の上から菰を取って、小柄な惣吉の骸と対面した。首に絞められた跡が残っている。苦悶の表情で顔全体が歪んで見えた。桂助は持参してきた薬籠《やくろう》から銀の篦《へら》を取りだした。口をこじ開ける。もとより歯は一本も見当たらない。篦を使って口中を診ていった。下の歯茎の奥、頰の内側に何かあった。急いで引き出してみると、白い歯の形をしている。桂助には象牙を細工して作った物であることがすぐわかった。

——これは——

桂助はそっと番屋を出た。番屋からは〝旦那、昼間っから、ちょいと飲み過ぎですよ〟という金五のおろおろ声と、友田が大声で唸る一人都々逸《どどいつ》が聞こえている。

桂助が向かったのは紬屋である。店先で話したいことがあると告げると、裏にまわって欲しいと小僧に言われた。裏にまわると彦治が待っていて
「こちらで」

と、蔵の戸を開けた。日頃あまり人の出入りのない蔵独特の臭いが桂助の鼻をついた。昼だというのに仄暗《ほのぐら》い蔵の中で、相対している太吉は苦しげであり、彦治の顔は

怒っているように見えた。

──おとっつぁんがお縄になった今となっては、冷たい態度をとられるのも仕方のないことだ。人目を避けたかったのだろう──

「貞右衛門さんを殺したのは父ではありません」

桂助はまず、そう切り出した。

太吉は桂助と目を合わすまいと下を向き、彦治は信じるものかという、跳ね返すような目色になった。

「父が姿を隠した時、貞右衛門さんはまだ生きておられました」

「どこでどうやって、旦那様が生きていたというのです？」

彦治はすぐに切り返してきた。

「その前に、貞右衛門さんについてお訊きしたいことがあります」

桂助は太吉を見つめた。

「答えられることであれば、お答えいたします」

太吉は顔を上げた。

「お父様のところに口中医、もしくは入れ歯師は通ってきておいでしたか？」

「そんなまさか」

彦治は冷ややかに笑い、

「旦那様はまだ、そんなお年ではありませんし、歯はいたってお丈夫のはずです」

太吉はまたしても顔を伏せた。

「では、時々、行き先を言わずに出て行くことは？」

「それならありました」

太吉が答えた。

「父は囲碁が三度の飯より好きなので、碁会所にはよく出かけて行くのです。ここ何ヶ月間は行く回数が増えていました」

「お悦さんの天井知らずの贅沢を苦にしてのことでしょうか？」

「旦那様はそんなやわな心のお方ではありませんよ」

彦治はぴしゃりと反撃した。

「それなら何のために？」

太吉は桂助ではなく、弟の彦治に問い掛けた。

「何のためにおとっつあんは、あんなにしげしげ出かけていたのかい？　ろくろく店に顔を出さずに、どことも言わずに出かけて行く、その他はずっと部屋に引き籠もってしまって、食べるものといったら粥《かゆ》ばかりで、ここ何ヶ月というもの、おとっつあんはおかしかったよ。彦治、おまえもそう思っていたはずだ。おとっつあんから何か聞いているのではないか」

「いいえ、いいえ」

彦治は何度も首を横に振って、

「実は旦那様らしくない振る舞いの理由を伺いたいと、お願いしたことがございました。ところが頑《がん》として旦那様は何もおっしゃらず、紙にこんなことを書いてくださいました」

懐から折り畳んだ紙を出してきて開いた。

そこには〝紬屋繁盛〟とだけ書かれていた。

桂助は蔵の仄暗さに目が馴れてきた。葛籠《つづら》と葛籠の間にこの蔵には似つかわしくない物が落ちていた。

「これは?」

桂助が手に取ったのは菜の花と渋柿で染めた手拭いであった。

「何だ?」

「何故、こんなものがここに落ちているんだ?」

太吉と彦治は驚きを口にした。

「この柿手拭いは惣吉さんがおとっつあんの首実検に連れてこられた時、冠っていたものです。それに菜の花……」

「そういえば、おとっつあんが殺されたと報された後、用があってここに入ろうとしたところ、閂《かんぬき》が外れていた。恐る恐る中に入って、大きな壺をどかせたところ、こんなものが落ちていた」

太吉は袖の中から柘植《つげ》で出来た入れ歯を取りだした。柘植の黒い土台には白い象牙を細工して作った歯《は》が嵌め込まれている。ただし、上の前歯だけが一本欠けている。

「ご先祖のものとは思えない新しいものだ」

「拝見させてください」

手に取った桂助は、懐から懐紙を出して広げ、持参してきた歯を二人に見せて、

「これは殺された惣吉さんの口中から見つけたものです」

と説明して、欠けている前歯の部分に嵌め込んだ。惣吉の歯は蔵で見つかった入れ歯に、ぴたりと合った。

「これはいったい――」

二人は青ざめて顔を見合わせた。

「これでお分かりになりましたね。貞右衛門さんが惣吉さんでもあったということで

す。惣吉さんが貞右衛門さんであれば、自分の着物を脱いで、咎の証として、お上に持っていくのは造作もないことです。あとは父を下手人に仕立てるための、根も葉もない嘘をでっち上げればいいだけです。おそらく、貞右衛門さんは、質文との縁組みで窮状を救うつもりだったのでしょう。ところが、贅沢三昧のお悦さんの浪費癖が禍《わざわい》して、蟻地獄に陥《おちい》ってしまったのです。それで仕方なく、貞右衛門さんは、質文の黒幕であったにちがいない、岩田屋に命じられるまま、この紬屋を救うため、岩田屋が考えた筋書きを演じるしかなかったのだと思います。岩田屋は貞右衛門さんにこまでのことをさせて、私の父を、これ以上ないと思われる程酷く陥れたのです。――岩田屋は口中医である私に当てつけて、こんな罠を仕掛けたに違いない。――貞右衛門さんが行き先を言わずに出かけて行った先は、岩田屋の息のかかった口中医も兼ねる入れ歯師のところでしょう。そこで貞右衛門さんは、歯抜けの物乞いになるために、自分の歯を少しずつ抜いていたのです。目立たないような奥歯から――。けれども、惣吉になるのはいよいよの時です。この時が来るまでは貞右衛門でいなければならない。家に居る時のために作らせたのが、この非常に上質な入れ歯だったのです」

桂助は手にしている入れ歯を凝視した。

「とはいえ、貞右衛門さんは入れ歯にまだ慣れず、口に入れて歯があると見せているだけが、やっとだったのだと思います。粥ばかり食べたがったのはそのためですよ」

「蔵に入れ歯や柿手拭いそして菜の花が落ちていたのは？」

太吉は不審そうに訊いた。

「使われていない蔵で、貞右衛門さんは惣吉になる支度をしていたのでしょう。稽古をしていたと言ってもよろしいかと思います。歯を抜いただけでは、物乞いにはなれません。身振り、手振り、表情など、本物の物乞いを見て学ばなければ。そのために貞右衛門さんは、時折、蔵で入れ歯を外し、垢《あか》じみた襤褸に着替え、頬冠りをしました。顔を土とかで黒くしたかもしれません。そうやって物乞いの惣吉になって外へ出ていたのです。貞右衛門さんの芝居は堂に入ったものでした。ただし、わたしの父がお縄となり、事が成就《じょうじゅ》した後は、もう、惣吉でいる必要はありません。岩田屋は貞右衛門さん、お父様にしばらく姿を隠す手助けをすると、嘘を囁いていて、その気でいたお父様は、ここで、着替えようとしていたのかもしれませんが、惣吉の姿のまま、慣れない入れ歯を口に入れたところを、岩田屋の手の者に襲われたのでしょう。その時、入れ歯が口から外れて壺の後ろに飛んで行き、弾みで折れた入れ歯の前歯が口の中に残ったのでしょうね」

太吉は納得したが、

「たとえそうだとしても、わたしたちは証人にはなりませんよ」

彦治は桂助の手から入れ歯をひったくった。

「惣吉の口中にあった前歯が、この入れ歯の前歯だとしても入れ歯が父の入れ歯だという証は、わたしたちがこの入れ歯をお上に差し出して、事情を説明しなければ叶《かな》わぬことです」

「それはその通りです。でも、入れ歯は人に合わせて作るもの。ましてやこれだけ上質な入れ歯を作ることのできる入れ歯師は江戸に何人もおりますまい。調べれば、どなたの注文かすぐに判ります。ですからお願いです、それを返してください」

「惣吉が旦那様だったのだというような、不名誉な事実、断じて認めるわけにはまいりません」

彦治は入れ歯を後ろ手に持った。

その彦治と目を合わせて、大きくうなずいた太吉は、

「その入れ歯を差し出して、藤屋さんの無実に証にしてさしあげたいのは山々です。でも、そんなことをしたら紬屋は汚名を着ます。ただでさえ左前の店は、もっといけなくなるでしょう。父は彦治に紙に書いて渡したように、〝紬屋繁盛〟を何よりに考えていました。惣吉として死んだ父へのせめてもの供養が、この秘密を守り通すこと

だと思うのです。本当に、本当に、申しわけありません、この通りです」

桂助に向かって、何度も頭を下げた。太吉の目にはうっすらと涙が浮かんでいた。

「わかりました」

桂助は穏やかにうなずいた。


兄弟は惣吉が無縁仏として葬られる前夜、番屋で土間の骸を改めた。右脇腹にある桑の葉に似た黒痣《くろあざ》は、まぎれもなく父紬屋貞右衛門の証であった。翌日、そっと木陰から、早桶《はやおけ》で運ばれて土に返される父親の姿を見送る兄弟の姿があった。

これを桂助からの文で知った牢内の長右衛門は、

「それでよいのだ」

と一言洩らした。

一方、桂助からいきさつを聞いた岸田は、

「残念ながら、それではまだ、貞右衛門は長右衛門に殺されたままだ。骸は川の底に沈んでいることになる。罪は消えていない。その上、人を使って、惣吉を殺したのではないかという疑いまで抱かれている。長右衛門の詮議は厳しいものになるぞ。あの年で持ちこたえるのは容易なことではない。だが、ただ一つだけ、詮議を遅らせる手だてはある。岩田屋だ。岩田屋がそちのことで、わしのところへ頼み事をしに来ている。それを受ければ、長右衛門はしばらく無事でいられるだろう。そちの道はもうそれしかないのだ」

と言った。

あとがき

本著は口中医桂助シリーズの第七作目です。

これまで同様、多くの先生方にご協力、ご助言を賜りました。日本歯内療法学会元会長の市村賢二先生と池袋歯科大泉診療所院長・須田光昭先生、日本歯学史のオーソリティー、愛知学院大学名誉教授の故榊原悠紀田郎先生、そして、江戸期の歯科監修を快くお引き受けいただいている、神奈川県歯科医師会〝歯の博物館〟館長の大野粛英先生、房楊枝作りをご指導いただいた浮原忍氏、シンクライト代表取締役にして木床義歯に精通しておられる本平孝志氏、また貴重な江戸期の歯科資料をご紹介くださった先生方に、心より深く御礼申し上げます。

平成二十年、東京医科歯科大学大学院医歯学総合研究科教授須田英明先生の御推挙により、第二十一回日本歯科医学会総会にて、座長市村賢二先生のもと、『口中医桂助の活躍』という題目で講演をさせていただきました。これもひとえに諸先生方のお力添えの賜物と感謝申し上げます。

また、ご声援いただいている全国の読者の皆様に、厚く御礼申し上げます。

皆様のご期待に応えるべく、一層の精進を致してまいりますので、応援の程よろしくお願い申し上げます。

本書のプロフィール

本書は、小学館文庫のために書き下ろされた作品です。

本文DTP／橋本 郁　校正／エヌ企画
編集／長井公彦、矢沢 寛（小学館）

――「小学館文庫」の文字づかいについて――

- 文字表記については、できる限り原文を尊重しました。
- 口語文については、現代仮名づかいに改めました。
- 文語文については、旧仮名づかいを用いました。
- 常用漢字表外の漢字・音訓も用い、
  難解な漢字には振り仮名を付けました。
- 極端な当て字、代名詞、副詞、接続詞などのうち、
  原文を損なうおそれが少ないものは、仮名に改めました。

口《こう》中《ちゅう》医《い》桂《けい》助《すけ》事《じ》件《けん》帖《ちょう》 菜《な》の花《はな》しぐれ

著者 和田《わだ》はつ子《こ》

二〇〇九年四月十二日　初版第一刷発行

編集人――稲垣伸寿
発行人――飯沼年昭
発行所――株式会社 小学館
〒一〇一-八〇〇一
東京都千代田区一ッ橋二-三-一
電話　編集〇三-三二三〇-五八一〇
販売〇三-五二八一-三五五五
印刷所――大日本印刷株式会社

ISBN978-4-09-408382-8

小学館文庫